Sonya
ソーニャ文庫

# 俺様御曹司は諦めない

月城うさぎ



イースト・プレス

contents

# 一章

「お前にはもう飽きたわ」

スーツ姿の男がコーヒーカップに口をつけたまま淡々と言い放った。視線を合わせようともしない軽薄な姿を目にした黒咲瑠衣子《くろさきるいこ》は、冷静にその言葉を受け止めて分析する。

金曜日の夕食時間。ひと月ぶりのデートだと思っていたのに、呼び出されたのは家族連れで混み合うファミレスだ。メニューも見ずにコーヒーだけを頼んだ男は、つまりこの場に長居する気はないということらしい。

瑠衣子は空腹を感じていたはずのお腹にブラックコーヒーを流し込んで、手元のスマートフォンを弄《いじ》り始めた男に静かに尋ねる。

「で？　つまり別れたいと？」

男の表情は、話が早い女は楽だと言わんばかり。それなりに好ましい感情を抱いていたはずだったが、この瞬間、彼に対しての熱がすぅーっと冷めた。

そして彼が何かを言う前に、見知った顔の女性が男の方へ親しげに近づいてくる。このタイミングで女性が現れる理由はひとつしかない。

「お待たせ……え、黒咲先輩？」

「……お疲れさま、小西《こにし》さん」

観葉植物の陰に隠れて死角になっていたため、瑠衣子の存在に気づかなかったのだろう。彼女は一瞬で顔を強張《こわば》らせた。現れた女性は、瑠衣子の四歳下の後輩だ。

明るめのブラウンの髪の毛は夜でも綺麗にカールされており、膝上のワンピースがフェミニンでかわいらしい。いわゆる、ゆるふわファッションがよく似合う彼女は、キレイ系の服装を好むクールな印象が強い瑠衣子とは正反対だ。

「遅かったな、ほら座って」

そんな彼女をおかまいなしに自分の隣に座らせる男の神経を疑いたくなる。縮こまっている後輩を責めるつもりはないのに……、と瑠衣子は内心嘆息《たんそく》した。

「いつから？」

瑠衣子の端的な言葉だけで話の前後がわからない後輩にも内容が伝わっただろう。後輩は自分が浮気相手だったというのを知っていたらしい。

「あの、先輩、ごめんなさい」

「美花《みか》が謝ることはないよ」

頭を下げた後輩を男が慰《なぐさ》めている。瑠衣子は突如始まった茶番劇《ちゃばんげき》に付き合う気になれず、しらけた目を二人に向けた。

怒りを感じるよりも事実が気になった。近場で浮気相手を作っていた男がどうしようもないほどダメ男に見える。いや、気づかなかった自分も相当マヌケだが。

「付き合い始めたのは二か月前くらいだが、彼女は俺の二番目の女。ちなみに瑠衣子、お前は五番目だ」

「……五股もかけてるってこと？」

「そうだな。全員知ってることだぞ。お前以外はな」

なんということだ。セカンドですらなく五番目の女で、他の彼女は全員自分以外にも女がいることを了承済みだなんて。とんだクズ男ではないか。

その後の男の説明から、瑠衣子は当初はセカンドだったがいつの間にやらその座を後輩に奪われ、別れを切り出されるまでに最低ランクの女に成り下がっていたことがわかった。

もはや呆れた溜息しか出てこない。

目を瞠《みは》るほどの美形でもないのに何故かモテる雰囲気イケメン。スーツ姿が数割増にかっこよく見せているが、シンプルなTシャツとズボンを着せたらあまりパッとしない。

そんな普通より少しかっこいいだけの男がこれだけの女性を侍らせることができるのは、

彼の話術が巧《たく》みなせいだろう。

取引先の営業で知り合ったのだが、ここまで女癖が悪いとは。しかもそれに気づかなかった自分に一番呆れてしまう。

五股をかけられる甲斐性《かいしょう》を仕事で発揮すればいいものを……。二十代の貴重な半年をこの男に捧げていたのが悔《く》やまれる。

瑠衣子は立ち上がって、コーヒー代として五百円玉をテーブルに置いた。申し訳なさそうにしている後輩と元カレを見やり、バッグを掴む。

「そう、お幸せに。せいぜいハーレムごっこを楽しんだらいいわ。……小西さん、余計なお世話でしょうけど貴重な時間を無駄にしないことね」

相手の反応を見ずにその場を去った。まさか三月の終わりにこのような形で恋人と別れることになるとは思ってもいなかった。

「いや、ある意味別れの季節に最低男と別れられて正解だったわ」

月曜日から後輩と顔を合わせるのは気まずいが、そう思っているのはきっと自分だけ。恐らく彼女は瑠衣子があの男と付き合っているのを知っていてこの二か月間普通に接していた。鉢合《はちあ》わせるとは思っていなかっただろうが、相当したたかなのだろう。天然を装った女の子が養殖だったというのはよくある話だ。

先ほどまでの緊張がゆるみ、カフェインを摂取したばかりのお腹が空腹を訴えた。

一人飯に行くのに抵抗を感じなくなった二十代後半。給料日を迎えたばかりで懐が暖かいので、少し贅沢《ぜいたく》をしても許される。

今味わった不快感を消し去りたい。しばし考えて、自宅の最寄り駅から一駅の場所にあるホテルへ向かうことにした。目当てはディナービュッフェだ。友人と行くような居酒屋で飲みふけるよりも、どうせならおいしいごはんを堪能《たんのう》したい。

「金曜日の夜にひとりでホテルの食べ放題に来る女は私くらいかも」

外国人の観光客にも人気というだけあって、メニューが豊富で味もいい。和洋中以外にも季節に合わせた限定料理が提供されており、その日はインドネシア料理が振る舞われていた。

ローストビーフやタラバガニなどの定番メニューの他に、インドネシア料理に舌鼓《したつづみ》を打って、デザートは全種類の一口ケーキを制覇《せいは》。一時間半という制限時間の中で、おいしいごはんとデザートを満喫できて満足だ。

食後のお茶を堪能していると、隣のテーブル席に座るフランス人の家族がお酒を注文しているのに気づいた。ふと、この後どうしようかと考える。

「食べるのに夢中でお酒飲み忘れてたわ……。確かここの最上階にバーがあったはず」

お腹は満たされたが、お酒はまた別だ。

一杯だけ飲んで帰ろう。軽やかな足取りでエレベーターに乗って移動し、ホテルのバーでお酒を頼む。

――ホテルのバーで飲むなんて初めてだわ。

落ち着いた空間に夜景を見渡せる大きな窓。見晴らしのいい最上階のバーは、男女の駆け引きが行われるのに絶好のロケーションだろう。

――そんな駆け引きなど、体験したこともないけれど。

ピアノの生演奏を聴きながらお酒を楽しんでいると、その気がなくてもムーディーな気分に酔ってしまいそうだ。同じ銘柄でもホテルのバーで出されるお酒の方が居酒屋で飲むものより値段が高いのは、きっと空間料が入っているから。

リラックスできておいしいお酒を飲めて、男前なバーテンダーに微笑んで対応してもらえるなら悪くない。

カウンター席の端っこに座り、ピアノの生演奏に耳を傾けると、ジャズバラードの旋律《せんりつ》が心地よく流れ込んでくる。

ふいに込み上げてくるのは、怒りとも悲しみとも違う感情の昂ぶり。数時間前に恋人に振られたのに、怒りよりも自分の本心に気づいてしまい、自嘲めいた笑みが漏れた。

「そりゃ浮気されるわよね。一度も好きだなんて言ったことなかったんだから」

先ほどの男とは、向こうからのアプローチで付き合い始めた。特別相手が好きだったというわけではなく、好きになれるかもしれないと思ったからで、もっと言えば自分に強い執着を感じられなかったから受け入れたのだ。

　強く求められることがなかったのも浮気相手がいたのなら納得できる。自分の何が好きなのかと一度聞いたことはあったが、彼が答えたのは「瑠衣子の理知的な雰囲気と顔、手入れを怠っていない髪」だった。

　──見た目が好みだったけど、蓋《ふた》を開けたらつまらなかったと。そういうことよね。

　瑠衣子の方もあっさり引き下がれてしまう程度の関係だった。そして今ではまったく未練もない。

「恋愛って何だろう……」

　好きの感情がわからない。それなりに好きだと思っていた相手に振られても怒りも悲しみもわかないなんて、結局は好きじゃなかったのだ。

　親しい友人はもう結婚して、子どもだっている。二十八という年齢は、昔に比べてまだ若いと言われることの方が多いが、未婚の友人たちは結婚を意識する年齢だと言っている。

　このまま惰性で付き合っていたら結婚を意識するようになっていたのかもしれないと思ったが、そんな未来はうまくいかなかっただろう。お互いの気持ちが伴わない結婚をしたって、きっとどこかで摩擦《まさつ》が生じる。

　小さく溜息を落とし、ちらりと視線を動かした。その先には仲睦まじい様子の男女がカクテルを飲みながら談笑していた。二人の雰囲気は柔らかく、傍から見ていても愛し合っているのが伝わってくる。

あんな空気を瑠衣子は知らない。感じたこともない。

正直、相思相愛の関係を羨《うらや》ましいと思う。

けれど心から誰かを愛せる日が来るとは思えず、余計気持ちが落ち込んだ。

――痛い。二十八にもなって恋愛が何かもわからないなんて、痛すぎて笑えない……。

「――失礼、お隣よろしいですか？」

少しずつ飲んでいたジントニックが半分ほどなくなったところで、背後から声をかけられた。

鼓膜を震わせる滑《なめ》らかな低音。自信に満ちた声からして、プライドの高い男だとわかる。

ゆっくりと振り向いて視線を合わせた。

相手は照明が落ちた薄暗い中でも大人の色香が備わっていることがはっきりとわかる、瑠衣子よりも数歳年上の男。

三つ揃《ぞろ》えのスーツを完璧に着こなし、顔立ちはとても精悍《せいかん》で端整《たんせい》だ。少し微笑んだだけで女性は見惚れてしまうだろう。イケメンというよりも男前と呼ぶに相応しい。

――黙っていても女性が放っておかないタイプだわ。何が目的かしら？

普段なら見知らぬ男に声をかけられても適当にあしらうのだが、元カレと比べるのもおこがましいような極上の男が現れて、瑠衣子の喉がこくりと動いた。

危ない橋は渡らない主義だ。しかし時にはその場の空気に流されるのも悪くない。顔のいい男には関わりたくないが、行きつく先に何があるか少しだけ興味が湧いた。

「どうぞ」

隣の席をすすめて、好意的な微笑みを見せる。

遊び目的で声をかけたのであろう男の左手をさりげなく盗み見たが、その指には何もついていない。しかし既婚者でも結婚指輪をしない人は男女ともに多い。自分は異性を見る目がないようなので、トラブルには気をつけねば。

優雅な動きでスツールに腰を掛ける男をさりげなく観察した。

「金曜日の夜におひとりですか？」

「ええ、残念ながら。でもたまにはひとりで過ごす時間も大事でしょう？」

「そうですね。そのおかげでこうしてあなたと時間を共有できるのですから」

飲みかけのカクテルと、男が持っているグラスが軽く合わさった。色からして相手はウイスキーのロックでも飲んでいるのだろう。

しとやかに微笑んでみせるが、瑠衣子は内心でたじろいでいた。遊び慣れている男に呑み込まれるのは危険だし、このようなシチュエーションも初めてだ。

ドラマや小説の中だけでしかないと思っていた状況に、まさか自分が直面する日が来るとは。世の男女はこういった駆け引きの仕方をどうやって学んでいるのだろう。

男の手の中にあるグラスの氷が、カランと涼やかな音を立てた。骨ばった大きな手は男性の魅力に満ちていて、その手に触れられたらどんな気分になるのだろうと少しだけ想像してしまう。

「何を飲んでいらっしゃるの？」

「スコッチウイスキーだ。試してみるか？」

男の口調から敬語が消えた。だが不快感はなく、むしろその方が彼らしいと思った。

見知らぬ男との間接キスなんかで騒ぐほど潔癖ではないし、駆け引きに慣れていない女だとは思われたくなくて、瑠衣子は差し出されたグラスを受け取った。

男の指先と瑠衣子の指がわずかに触れる。よく冷えたグラスを触っているため、彼の指も冷たかった。

――大きな指……。

手フェチではないのに、男らしい彼の手が気になった。

すっと目線を彼の指先から逸らして、受け取ったスコッチウイスキーを一口飲んだ。芳《ほう》醇《じゅん》な香りは蒸留酒特有のもので、おいしさがいまいちわからない。

「飲みやすいとは思うけれど、ごめんなさい。ウイスキーの味はやっぱり慣れないわ」

「そうか、なら甘めのカクテルを頼もうか」

クスリと笑うと男の目元が細められて甘やかに見える。だがその表情はまるで「舌はお子様だな」とでも言いたげで、瑠衣子はなんとなく面白くなかった。

だからだろうか。少しだけ、恋の駆け引きが得意な女を演じてみたくなった。彼の反応が気になるから。

「甘いカクテルよりもワインがいいわ。選んでくださる？」

甘いものしか飲めないの、と言う若い女性の方がかわいげがあって男性に好まれるのを知っている。酒に強い女性が一般的な男性に引かれることも。

瑠衣子は酒豪ではないけれど、酒で失敗したこともない。ワインならボトル一本飲める程度には強い。

男の反応を試すように尋ねれば、彼は面白そうに口角を上げた。

「赤と白、どちらが好みだ？」

「そうね、白の方がさっぱりしてて好きだわ」

「白ワインならシャルドネが飲みやすいと思うが」

わざわざバーテンダーに訊いてくれた中から瑠衣子が産地を選ぶ。フランス産も好きだが、カリフォルニア産のものを選んだ。すっきりしたフルーティーな香りを堪能し、一口嚥下した。

ほどよく冷えた白ワインは飲みやすいが、調子に乗って飲むと危険なのも身をもって知っている。

「おいしい」

「それはよかった」

名前も知らない見ず知らずの男とこうして会話をして、居心地が悪く感じないなんて不思議な気分だ。心地いいとも思える空気を共有している。

仕掛けたのはどっちが先だっただろう。

気がつけば、カウンターテーブルに置かれた瑠衣子の左手は、隣に座る男に握られていた。

視線が交差する。

男はその手が振りほどかれないことを確認し、瑠衣子の手に力を込めて熱い視線を送ってきた。その瞳の奥に宿った情欲に気がつかないほど、瑠衣子も鈍感ではない。

「君とこれっきりなのは惜しいな」

「……あら、私を帰したくないってこと？」

「そうだ。帰したくないし、もっと深く君のことを知りたい」

ずいぶんと直球なことを言う。女性に不自由などしていなさそうな男は、異性を口説《くど》くのにも慣れているのだろう。

男前と呼ぶに相応しい男性に正面から口説かれるのは、悪い気がしない。

――この容姿だもの、口説き慣れていない方がおかしいわ。

挑発的に笑みを深める男の顔はセクシーで、甘やかな空気が漂う。

求められているということは、女として魅力的だと認められているのと同じ。しかし簡単に身体を許せるほど身持ちは悪くない。

ルージュが少し落ちた唇で笑みを作る。男の大きな手に指を絡めて、瑠衣子も同じく至近距離から彼を見つめ返した。

「いいわよ、でも条件があるの」

瑠衣子は囁《ささや》くように彼の耳元でその条件を言った。

男はわずかに怪訝な顔を見せたが、すぐに余裕のある表情に戻る。

「いいだろう。行くぞ」

男が二人分のお代をカードで支払い、瑠衣子はそのまま攫われるようにバーを後にした。

◇◇◇

エレベーターに乗らず、手を繋いだまま連れて来られたのはバーと同じフロアの別の棟。長い通路には扉は数えるほどしかなく、人の気配は感じられない。おまけにカーペットの毛足が長くふかふかになっていた。

ホテルのレセプションに寄らず、男はまっすぐ目的地を目指している。この男は宿泊客なのだろうか？

——出張先で遊びたいとか？　それなら納得できるかも。

だが仕事で来ているのに、スイートルームなどに泊まれるだろうか？

最上階にある部屋のランクなど限られている。一介のサラリーマンにしては、所作にもまとう空気にも気品があるとは思っていたが、明るいライトの下で見る男のスーツも靴も見るからに一流品。

ただのサラリーマンではないことは確かで、瑠衣子は少々早まったかと感じていた。

「何を考えている？」

「さあ、あなたのことかしら？」

握られた手にギュッと力が込められた。腰を抱かれそうになり拒絶を示すと、男は瑠衣子に言われた条件を守り、手だけを繋いでくる。

カードキーで鍵を開けて部屋の中へ入るよう促された後、背後でオートロックの扉の鍵がかかる音がした。

思っていた通り、ここはホテルのスイートルームだ。先ほどのバーで見たものとは違う夜景が一望できる。広いリビングにはモダンなデザインの革ソファが対面式に置かれており、家具も照明もスタイリッシュなモデルルームのようにオシャレだ。

現代アートを思わせる照明が部屋の中を照らす。毛足の長いカーペットが足音を吸収し、背後に近づいてきた男の気配が一拍遅れて感じられた。

「指一本触れるなと言ったが、具体的にはどこまで大丈夫なんだ？」

「手は握っていいけどキスはダメ」

「ならば抱きしめることは？」

「……服の上からならいいわ」

ここまで来てそんな条件を呑むだろうか。賭けではあったが、彼は律儀に守るらしい。

男が正面から瑠衣子を抱きしめた。

異性の匂いと人の体温を感じるのはずいぶん久しぶりだ。不思議な心地に頭が働かなくなる。

——そう、お酒で酔ってるから普段より大胆になれる。きっと非日常にも浸《ひた》れるわ。

首筋に吐息がかかる直前で、男が頭を起こした。小さな舌打ちが瑠衣子の耳にも届く。

「……キスがダメなら首にするのもアウトなんだろ」

「ええ、そうね。だから私もあなたが嫌がることはしないわ」

「静《しずか》だ。いい加減名前を訊いてもいいだろう？」

静。それがこの男の名前だとしたら、男性的な見た目にそぐわずかわいらしい。

だが理知的で冷静に物事を判断している印象もあるので、案外似合っているのかもしれない。

「ルイ子。私はルイ子でいいわ」

今の状況は、数時間前には考えられなかった。出会ったばかりの男と一夜を過ごそうとしているのも、お酒の勢いであることが大きい。

「ルイ子」と呼ぶ男の滑らかなバリトンが女の情欲に火を灯す。ずくんと子宮が疼《うず》く感覚は錯覚ではないだろう。

誘われるがまま瑠衣子はベッドに向かい、そして気がつけば静にのしかかっていた。彼にとっては予想外だったのだろう。しばし沈黙が下りた。

「……俺は押し倒される趣味はないんだが？」

「気が合うわね、私もよ」

「ほう、なかなか気が強い」

瞳にどこか面白そうな色を宿し、男は瑠衣子の動きを観察する。お互い不敵に微笑み、視線を逸らさぬまま、瑠衣子は静の衣服を脱がしていった。

ネクタイを解きシャツのボタンを丁寧《ていねい》に外す。素肌が見える面積が広がるほど、瑠衣子の中に潜んでいた女の一面が色濃くなった。

ずいぶんと大胆なことをしようとしている。だが止まれそうにない。

すべてのボタンが外れた。シャツをはだけると綺麗に筋肉が割れている。学生時代にスポーツを嗜《たしな》み、今もジムで維持しているのがわかる鍛えられた身体だ。

すぅーっと指をすべらせて、お腹の筋肉をなぞる。くすぐったかったのか、男がぴくりと小さく身を震わせた。

「……っ、触るなら好きに触ればいい。だがそれはくすぐったい」

「ふふ、とても綺麗な肉体だからつい。……ねえ、もっと見せて？」

うっとりと囁く瑠衣子の衣服はそのままだ。

「ルイ子は脱がないのか」

「私が脱ぐ必要はないから」

瑠衣子の答えに怪訝そうに眉を寄せる表情もとても色っぽい。「指一本触れないで」という条件からして、これからどうするつもりなのかと考えているのだろう。

男を半裸に剝《む》いて、自分ひとりは完全に着込んだまま。女性に苦労したことなんてなさそうな極上の男が自分のような普通のＯＬに好きにされている。瑠衣子は倒錯《とうさく》的な気分と高揚感に包まれていった。

コクリ、と喉が鳴る。こんな真似をする日が来るなんて思いもしなかった。

性には淡白だとさえ思っていたのに、先ほどから身体の奥が疼いている。

欲望と本能のまま、この男を堪能したい。

弄《もてあそ》びたいという気持ちにも似た衝動に、瑠衣子はすっと目を細めた。

手を伸ばせば届く範囲に彼のネクタイが落ちている。無意識にそれを手に取り、瑠衣子は小さく微笑んでみせた。

「待て、何をする気だ」

「気持ちいいことよ？　とっても気持ちよくさせてあげる」

相手が困惑している間に瑠衣子は静の両手首にネクタイをぐるぐる巻いた。女のひ弱な力などたかが知れているのに、静は力ずくで抵抗しない。

本気で嫌ならそのときに抗えばいいと思っているのだろう。彼もきっと、好奇心が勝っているに違いない。

この行為は合意の上で行われている。瑠衣子が突き付けた条件を呑んで、静は彼女に指一本触れられないが、瑠衣子は触ることができる。

ばんざいをしたような格好で上半身裸の男が好きにされていた。

ギリシャの美しい石膏像を見ている気分だ。瑠衣子はうっとりと愉悦を深めた。

首筋から鎖骨をなぞり、ゆっくりと手のひらをすべらせて彼の感度を高めていく。

「綺麗な色」

瑠衣子は静の淡く色づく胸の突起に口づけた。

「ッ……！」

身体がわずかに強張り、筋肉が収縮している。瑠衣子は手のひらを静のお腹にのせたまま上半身を倒して、まだ存在を主張していない突起を口に含んでは舌で舐めて転がした。

チュウ、と強く吸い付けば、頭上から衣擦れの音が聞こえてきた。

「ダメ、手首をほどこうとしてはダメ。私に触れないっていう約束でしょう?」

「クッ……」

早まったとでも言いたげな顔が見ていてとても楽しい。

表情の変化が見られると、途端に人間臭くなるのもこの男の魅力だろう。

——私の条件を呑んだってことは、こういうふうになるのもわかっていたはずなのに。女性に積極的になられるのはあまり慣れていないのかしら?

瑠衣子とて、積極的に男性を襲うのは初めてだ。数時間前まで彼氏だった男との性交渉は、相手に言われるがまま奉仕するのが常だった。そのため瑠衣子自身が気持ちよくなったことなど一度もない。

よく考えればあのクズ男との関係で、余計なスキルだけが上達した気がする。でもそのおかげでこうして男を悦ばせてあげられるなら、それも無駄な経験ではなかった。

首筋を柔らかく噛み、鎖骨を舐めて、再度乳首を攻めてから臍《へそ》の周りをゆっくりと指で円を描く。人によっては臍も性感帯らしい。

「気持ちいい?」

「……いや、まだまだだ」

余裕の顔で嫣然《えんぜん》と笑う男を見て、瑠衣子のスイッチが完全にオンになった。

スラックスの上は盛り上がっているのに、かわいそうにやせ我慢をしている。

「身体はとても正直だけど？」

ベルトを外しファスナーを下ろす。下着の上からでもわかるほど、彼の男性器は窮屈そうに収まっていた。

硬度を持ったそれを下着の上から手のひらでギュッと軽く押すと、苦しそうな喘ぎ声がわずかに漏れた。

そんな行為の中、瑠衣子の服はまったく乱れていない。カーキ色のシャツワンピースに白いカーディガンを羽織り、その下はストッキングを履いているが、多少の皺《しわ》がついている程度だ。

彼の下着を下ろすと、男性器が現れた。

まじまじと男の欲望を凝視するのは目の前の男で二人目。記憶もおぼろげな父親のもカウントすれば三人目だが、その少ない情報と比較しても静のものはまるで違う。

「何だ、驚いているのか？」

余裕綽々《しゃくしゃく》といった声が聞こえ、はっと我に返った。快楽に酔わせるつもりが冷静さを取り戻させてどうする。

自分の中の酔いもわずかに醒めてしまったが、瑠衣子は彼の質問には答えず屹立に触れた。血管が浮き上がり、グロテスクに脈打つ太い杭を両手の中に収める。そしてためらいも決してそれを口に含んだ。

「！　おいっ」

チュウ、と音を立てて先端を軽く吸うと、先走りの味が口内に広がった。決しておいしいとは言えない独特な味と匂いが鼻と子宮を刺激する。

「……っ、待て、ダメだ、やめろ……、シャワーも浴びてない男の逸物《いちもつ》なんかを咥《くわ》えるなっ」

先端から少しまでしか口に含むことができないため、手淫も同時に行っているのだが、どうやらそれが静の官能を急速に高めているようだ。

「ダメ、逃げちゃ。集中して？」

「……グッ、……ッソ、覚えてろよ」

腹筋に力を入れてわずかに上体を起こした男は、両手で己の男性器を握られながら上目遣いで舐められている姿を見て、視覚的にも刺激されたらしい。ドクンと大きく脈打ったそれが膨張《ぼうちょう》した。もっと気持ちよくなってもらいたいと思ってしまう。

――私の自暴自棄に付き合わされているとは思っていないのよね……かわいそうに。

そして自分はひどい女だと思いながら、合意の上での行為に集中する。

男性経験はほとんどないのにオーラルセックスだけは上達してしまった。瑠衣子は改めてそのことに気づき、自嘲めいた笑みが零れた。

小さな笑いが静の耳に届いたのだろう。「余裕じゃねーか」と、言葉遣いが少々荒くなった。

荒い呼吸をしている静を見やり、瑠衣子は笑みを深めた。

彼がイクところが見たい。

でも簡単に出されてしまうのは味気ない。もっと我慢して我慢して、ようやく……という方が、絶対に気持ちがいいはずだ。

自身が着ているシャツワンピースと同じ布でできた腰回りのリボンを解く。ベルト代わりに巻いていたのをするりと抜き取り、臨戦態勢に入った男性器の根元にキュッと巻き付けた。

「ッ、おい!?」

「動いちゃダメ、じっとしてて?」

少しだけ力を込めれば、静の動きは止まった。抵抗するだけ無駄というより危険を本能で察知しているに違いない。

従順な姿に瑠衣子は「いい子」と囁いて、その先端にキスを落とした。決してかわいくはないそれにリボンを結ぶと少しはかわいく思えてくる気がする。

「もっと気持ちよくなりたいでしょう?　だからたくさん我慢しましょう」

「ん……くっ、ア……！」

ぷっくり主張する胸の突起をキュッと握れば、腰がビクンと跳ねた。

「ルイ、子……、早く、もう」

「イキそう？」

静は頬を紅潮させて顔をしかめた。忍耐強く耐えている姿が健気に見えてくる。

何度もお預けを食らい、彼の額にはうっすらと汗が浮かんでいた。

そして限界まで来たと思われたとき——、リボンの結び目を解いて欲望を解放させた。

「——ッ！」

勢いよく吐き出された精液は量が多かった。その残滓《ざんし》を瑠衣子は濡れタオルでふき取り、ついでに放心状態の静の目に手のひらをのせた。

「気持ちよかった？　もう眠っていいわ」

両手首を結んでいたネクタイも解いた。ブランドもののネクタイに皺がついてしまったが、それを丁寧にたたんで枕元に置いておく。

中途半端に脱がされた彼に目を向けた。

羞恥心に耐え続けた結果、どうやら眠りに落ちてしまったらしい。

「タクシー呼んで帰ろう」

少しだけ下着が不快だ。彼の痴態《ちたい》を見て瑠衣子も性的に興奮し、濡れてしまっているらしい。

自分がとんだ痴女《ちじょ》だったことに落ち込みつつも、今夜起こった嫌な出来事は綺麗に忘れられた。到底足りないだろうが、一万円を宿泊代としてベッドサイドのテーブルに置いておく。

手帳からメモ用紙をちぎり、一言「ごちそうさま」とだけ書いた。目覚めた彼はどういう反応をするだろう。興味はあるが、今後関わることはない。

「こういうのってヤリ逃げって言うのかしら？」

男性に対しても使うのかはわからないが。

すべて合意の上だったと納得させて、足取りも軽く瑠衣子はホテルのロビーへ下りた。ホテルから出ると時刻はとっくに深夜を回っていた。春の夜は冬並みに気温が下がる。トレンチコートをきっちりと着込み、ホテルに宿泊する客が降りてきたタクシーをタイミングよく捕まえられた。

空港に近いホテルなら、こんな時間でもチェックインしに来る人はそれなりにいる。タイムリーでよかったと安堵して、自宅まで一駅の距離をタクシーで走ってもらった。

――さて、帰ったらシャワーを浴びて寝よう……。

瑠衣子のカーキ色のシャツワンピースからは、ウエストを絞るリボンが消えていた。

もう二度と会うことがない男のことを、瑠衣子はきっと忘れないだろうと思っていた。

# 二章

桜が見ごろを迎えた四月の初旬、瑠衣子が働く大手総合商社の鳳《おおとり》商事では、自社ビルの大広間で新入社員のウェルカムランチが催されていた。新入社員以外は自由参加、お昼時間の一時間ほど新入社員を交えて簡単な軽食と飲み物が振る舞われるというものだ。

社長からありがたいお言葉を賜《たまわ》った後に、新入社員は早速先輩社員と交流を深めたり、先輩社員は自分の部署に欲しい人間に目星をつけたりと様々だが、多くの人間は単純に食べ物と飲み物につられて参加する。

その大多数の人間に含まれる瑠衣子も同じ部署の同僚に引きずられて来たのだが、軽食といえど有名ホテルのビュッフェに興味もあった。

そして毎年のことながら、気合いの入った料理に新年度早々社員のやる気も上がっている。

「このエビとアボカドのクロワッサンサンド、めっちゃおいしい。チーズとオリーブの盛り合わせなんかあったらワインが欲しくなるわー」

同期入社の三枝怜奈《みつえだれいな》は、サンドイッチやマリネにデザートをのせたプレートを持ちながら呟いた。

「気持ちはわかるけどまだ昼間だからね」

苦笑しながら瑠衣子も同意する。そして生ハムとチーズが挟まれたサンドイッチと甘いチョコレートの小さなマフィンを取って、会場の端に佇んだ。

「いや～それにしても初々しいわね。私らにもあんな時期があったのかと思うと、年取ったなって……」

「わかる……若さが眩《まぶ》しい……」

怜奈の発言に頷いた。キラキラと自信とやる気に満ち溢れた若さが目に刺さる。全員リクルートスーツを着て、女性社員は髪をひとつにまとめているのがまた初々しい。

瑠衣子が入社したときには女性社員の制服がなくなっていたので、内勤の女性はビジネスカジュアルの服装をしている。営業などの外勤の女性はスーツを着用することも多いが、瑠衣子は通常ひざ丈のスカートに合わせやすいシンプルなブラウスやカットソーなどで出勤していた。風紀を乱す服装でない限り、基本うるさいことは言われない。

瑠衣子は、少し前まで学生だった新入社員を見てほんわかした気分になった。

鳳商事は世界的に有名な鳳グループの大手商社であるが、毎年入社する新入社員は三十人ほどと意外に少ない。

大企業らしく福利厚生はしっかりしており、もちろん有休も取れる。働き方の改善で数年前から内勤者にはフレックスタイムが導入されており、介護や子育てなどで忙しい社員も部署によっては自宅で勤務することだって可能だ。

多様性を積極的に取り入れているため外国籍の人も多く在籍しているし、部署によっては公用語が英語になっているところもある。

瑠衣子が在籍している総務部も英語力が求められているが、彼女自身は英文科出身ということもあり、それほど苦労しているわけでもなかった。

「今期は海外勤務だった社員が数名戻ってきたし、いろんな意味で色めきたっているわよね～。しかも新入社員がイケメン揃いって、どうなってるんだ」

「顔で選んでいると言われてもおかしくないほど顔面偏差値が高いわね」

そう言いつつもそっけない瑠衣子の声色に怜奈が食いついた。

「出た、イケメン嫌い。あんた顔がいい男に本当そっけないっていうか、避けるよね。過去にどんな嫌な思い出があるんだか……」

「別に何もないわよ。だって顔がいいとトラブルも多そうで面倒くさそうじゃない？」

主に女性関係で。

とばっちりなど受けたくない。

「ふーん、それなら今社内で一番人気の御曹司《おんぞうし》にも興味がない、と」

「会ったこともないからね。確かずっと海外赴任されてて、つい先日帰国したばかりでしょ？」

御曹司とは、この鳳グループの会長子息のことである。瑠衣子たちが入社した年にヨーロッパ支社に転勤してしまったのだ。それ以前からかなり騒がれていたそうだが、瑠衣子はさっぱり興味がない。

しかし情報通の怜奈は顔も名前もばっちり把握していた。

「鳳静、三十三歳。海外で実績を積んだ後、日本に専務として呼び戻された御曹司。家柄がいいだけのボンボンではなく仕事もできる切れ者で、しかも極上の男前で独身……狙わない女狐ちゃんたちはいないでしょう」

くふふと笑う怜奈は参戦する気があるわけではなく、傍観者として純粋に遠くから楽しみたい性分の人間だ。イケメンは観賞用と豪語する親友に、瑠衣子は溜息をつきつつも頭の中に何かが引っかかるのを感じた。

――ん？　静……？　静って名前の男性ってそんなに珍しくもないのかしら。

つい十日ほど前の出来事が脳裏をかすめた。恋人に振られた夜にお酒の勢いで見知らぬ男性を襲ってしまった醜態《しゅうたい》が、ぶわりと蘇る。

ノリノリで相手を脱がせ、男性が絶頂を迎える瞬間を目に焼き付けて、恍惚とした気分に浸っていた。

あのときの自分を今思い返せば、深い後悔しかない。

――とんだ痴女じゃないの……あー恥ずかしい！

自分の八つ当たりに付き合わされた静という男性は、あの後大丈夫だっただろうか。妙なトラウマを植え付けられていなければいいが……。

――でもお互い大人なのだから、一夜の情事として割り切ってるはず。そもそも誘ってきたのは向こうで私は条件も言ったんだし。下の名前しか明かしていないのだから、捜しようもなければ二度と会うこともないわよね。

「見て、瑠衣子。噂をすれば！」

自分を無理やり納得させて頷いていたが、怜奈の興奮した声につられて目を向けた先で、数瞬呼吸が止まった。

「……ッ！」

秘書課の男性社員の隣を歩く長身の男は、会場に入るなり周囲の視線を集めた。鋭い眼光は自信に溢れ、立っているだけで王者の風格を漂わせている。ゆっくりと会場内を見渡すと、他者を圧倒し動きを止めさせた。

「噂通りやばいくらいかっこいいわね。痺《しび》れる～」

「痺れるって、いつの時代よあんた」

口では冷静にツッコミを入れつつも、瑠衣子の身体は完全に逃亡寸前。背には冷たい汗が伝い、心の中はパニックだ。

——なんでなんでなんでー!?

間違いない。鳳専務と思しき人物は、先日瑠衣子があんなことやそんなことをしでかした男だ。

警戒心が高まる。下手な動きをしたら目に留まってしまうかもしれない。だが、速《すみ》やかにこの場を離れなければ。

「……怜奈、私、用事を思い出したわ。郵便局行かなきゃいけなかった」

「えー？　ならもう出ようか。私もコンビニでお菓子買いたいし」

周囲を観察しつつもモリモリ食べていた怜奈は、最後の一口を食べ終えてプレートを片づけた。瑠衣子も飲み終わったグラスを片づけ、専務の登場で一層盛り上がっている会場を後にする。

頭痛がする思いで会場を去った瑠衣子は、その後ろ姿をじっと見つめる視線には気づかなかった。

◇◇◇

二日後の金曜日。瑠衣子の日常が急変した。

「――え？　一時的に秘書課へ異動ですか？」

「急なことで申し訳ないんだが、今月末から産休に入る予定だった秘書課の高橋《たかはし》さんが急きょ来週頭から休むことになってね。鳳専務も帰国されたばかりだし、少々人手不足なんだよ。悪いがしばらく秘書課へ行ってもらえないか？」

そう告げたのは瑠衣子が在籍する総務部の部長である山岡《やまおか》だ。秘書課は総務部の管轄とされている。

高橋さんの産休の間は今いる者たちで仕事を分担する予定だったそうだが、それも難しいと判断したらしい。最低二か月、できれば高橋さんが復職するまでは秘書課にいてほしいということだ。

この絶妙なタイミングでの辞令は、果たして偶然か策略か。たまたまだと楽観視もできず、瑠衣子は理由を尋ねる。

「承知しました。ですが山岡部長、何故私なのか理由をお聞きしてもよろしいでしょうか？」

「黒咲さんが一番適任だと思ってね。君は普段からミスが少なく頭の回転も速い。自分のスケジュール管理などもよくできているし、こまやかな気遣いができるところなどは秘書に向いていると、以前から思ってはいたんだ。それに君は今年で入社六年目の中堅だし、そろそろ違う経験も積んでもらいたいと思ってね」

「……それだけですか？」

念のためにもうひと押ししてみれば、案の定山岡の目が泳いだ。

「黒咲さんの能力を買っているのは事実だ。……それ以外にも……君はイケメン嫌いだと聞いている」

「情報元は三枝さんですね。なるほど、新しい秘書が独身の専務に色目を使って業務を妨害することがあってはならないから、まったく興味がなさそうな私か三枝さんしか総務部では適任者がいなかったというわけですか」

「まあそういうことだ」

それもきっと建前だろうなと瑠衣子は推測した。恐らく一番の理由は山岡の口からは語られないだろう。

──でも、部長は無関係かもしれないしね、専務と。

内心で嘆息しつつ、いつから秘書課へ行けばいいのかと訊けばすぐにでもと返ってきた。何故そんなに急なのかと尋ねても無駄だろう。瑠衣子の今の業務は他の人と分担しているものが多いので、引き継ぎはそんなに難しくないが、それでも昼過ぎまではかかる。

幸い今受け持っている大きな案件はない。引き継ぎを済ませたあと、社食で簡単にお昼ごはんを済ませて、秘書課へ向かった。

――はぁ……やっかみ食らうこと間違いなし……。貧乏くじだわ。

秘書課にはイケメン男性社員が多い。お近づきになりたいと思っている女性社員は多いけれど他部署との接点はほとんどない。

「しかもよりによって、今社内で一番注目されてる御曹司の帰国直後となれば余計に……」

考えるだけでも疲労感が増した。

「失礼します」

社員証を照合し、ロックが解除されたところで中へ入る。

瑠衣子のいた総務部と違い、個々の席が海外ドラマに出てくるようなパーテーションで区切られているのが特徴的だ。

「お疲れさまです。総務部一課の黒咲さんですか?」

「はい、本日から秘書課に配属されることになりました、黒咲瑠衣子です。よろしくお願いいたします」

ニコニコと友好的な笑顔を見せるのは、少し色素の薄い髪色をしている男性社員。目の色も茶色だから恐らく地毛であろう。

黒いスーツを着用しているのに物腰は柔らかくて威圧感はない。

「はじめまして、雑賀《さいが》です。どうぞよろしく」

「はい、お世話になります」

雑賀は瑠衣子の頭のてっぺんからつま先までを観察した。何か気になるところでもあるのだろうかと、瑠衣子はわずかに緊張を滲ませながら社交的な笑みをはりつけて思案する。

瑠衣子の緊張を感じたのか、彼はふっと面白そうに微笑んで、瑠衣子を空いている席へ案内した。

「この席へどうぞ。荷物を置いたら行こうか」

「え？」

行くってどこへ。

そう思いつつも、行きつく先を知っているかのように、心臓がドクドクと早鐘《はやがね》を打つ。

たどり着いたのは、社長室の隣にある専務室だった。

——……マジか。

こんな当たりたくない嫌な予感は遠慮したい。

焦りを抱く瑠衣子をよそに、雑賀はスマートに扉をノックして部屋の主と挨拶《あいさつ》を交わしている。

雑賀に中に入るよう促された。仕方なく入室すると、背後でカチャンと鍵がかかった音がした。

――まさかグルですか、雑賀さん。

背筋に嫌な汗が伝う。

綺麗に片づけられた執務机の向こうに腰掛けていた男は、ゆっくりと立ち上がった。そして瑠衣子を待っていたかのように、甘い笑みを向けてくる。

――ひっ……！

目が笑っていない。

獲物を見つけたときの捕食者の微笑み。瞳の奥がきらりと光ったのは、きっと気のせいではない。

ここに連れてこられた理由はわかっている。しかし何が聞きたいのか。

――謝るべきかどうか。一言謝罪しておいた方が面倒にならないかしら。

頭の中でぐるぐると今後の展開を何通りかシミュレーションしている間に、鳳専務は扉の前で直立不動になっている瑠衣子の数歩前で立ち止まった。

「うちの社員だったとは驚きだな？　ルイ子」

「……はじめまして、鳳専務」

何を言うべきか迷っていたが、結局瑠衣子の口から出てきたのは無難な挨拶だった。鳳専務としてお会いするのは確かに初めてなわけなので、間違ってはいない。

瑠衣子の言葉を聞いた彼は、一瞬ぴくりと片眉を動かした後口角をわずかに持ち上げた。

「はじめまして、か。確かにここの専務として会うのは、はじめましてだな」

喉の奥でくつくつ笑っている姿も男前なだけに様になっている。

ここで見惚れてしまえばよかったのだろうが、顔のいい男にろくな思い出がない瑠衣子は必要以上に関わりたくないし、ドラマで俳優を見ているのと同じくらい現実味が感じられなかった。

「あんなに熱い夜を過ごしたというのにつれないな」

瑠衣子はチラリと雑賀に視線を向けた。彼の前でこの話をしてもいいのかという無言の問いかけを、静は正しく理解した。

「問題ない。雑賀は公私ともに俺の秘書だ。すべて把握している」

にこりと友好的な笑顔を向けてくる先輩秘書もあなどれないらしい。公私ともにということは、プライベートでも秘書のような役割をしているということだ。

瑠衣子は小さく息をはいて、覚悟を決めた。下腹にぐっと力を込めて、冷静に問いかける。

「それで、どういったご用件でしょうか。ただの挨拶、というわけではないのでしょう?」

慌てることなくじっと見つめる瑠衣子を面白がるように、静は笑みを深めて先日の夜を感じさせる色香を放った。沈黙の中に流れる空気がどこか艶っぽく、瑠衣子を落ち着かなくさせる。

「君に会いたかった。だが、それだけではない」

——ああ、やっぱり謝れとか、あのことは誰にも話すなとかそういう——。

それで平穏な生活を送れるなら言われた通りにしよう。

そう思っていた瑠衣子の耳に、とんでもないセリフが飛び込んできた。

「俺と結婚しよう」

「…………は?」

至極真面目な顔で、最優良物件である独身御曹司がそう言った。

はっきり言って、意味がわからない。

「……聞き間違いでなければ、私と結婚したいとおっしゃいましたか」

「そうだ。先に入籍を済ませたほうがいいならこれから婚姻届を取りに行くか。——雑賀」

「静様、先走りすぎですよ。もう少し黒咲さんの話を聞いてからにしてください」

と言いつつも、雑賀はすでに婚姻届は手元にあると付け加えた。

何なのだろう、この人たちは。

瑠衣子は反射的に一歩後退した。

「あの日から寝ても覚めても瑠衣子のことしか考えられなくなった。偽名を使われた可能性を考えていたが、ちゃんと本名を教えてくれていたことが嬉しいと感じるなんて、自分

でもどうかしていると思う。眠ってしまう前に君の連絡先を聞いておかなかったのをどれだけ後悔したか。これまで自分から女性の連絡先をたずねたことなどなかったから、タイミングを摑めずにいたんだ。そもそも、先に眠ってしまったのも、熟睡中に逃げられたのも、男として情けない」

「二日徹夜されていた上にアルコールを摂取して肉体的な快楽を味わったのですから、寝てしまったのも仕方がないかと」

雑賀がニコニコと笑顔でフォローを入れた。

二日も寝ていなかったのに女性に声をかける余裕はあったんだな、と瑠衣子は冷静に考えていた。

――つまりあの日は彼も結構酔いがまわってて普段の調子ではなかったってこと？　そのことに責任を感じてるということかしら。もしくはプライドが傷つけられた？

「雑賀」

静が雑賀に目配せをした。すると秘書というよりも執事という言葉がしっくりくる動きで、雑賀が瑠衣子に恭しく封筒を手渡してくる。

「何ですか、これ？」

「黒咲さんが静様の枕元に置いていかれた一万円です」

瑠衣子は実際泊まったわけではないが、宿泊代として置いていったあのお金だろう。しかしそういえば、考えようによっては、瑠衣子は彼を買ったことになるのでは？　と思い至り、頬が引きつった。そういう意図ではなかったと伝えなくてはと慌てて口を開く。

「あの、もちろん、宿泊代として置いていったのですが、足りませんでしたよね？　おいくらでしたか？」

「いらない。俺が女性からお金を受け取るわけないだろう。それに一万程度であの夜を清算されてたまるか」

要するに、一万円でなかったことにするなど都合がいいと言われているらしい。やはり彼のプライドを傷つけてしまったのだろう。

雑賀に手渡された封筒をそのまま受け取り、熱っぽく見つめてくる上司を見上げて小さく嘆息した。

そのわずかに漏れた吐息に彼は反応したようだが、瑠衣子は構わずきっぱり告げる。

「あの一夜は、不幸な偶然が重なって起きたことだと思います。専務が気にするような重大な事件ではありません。もちろん、誰にも言いませんしすぐに忘れますから、専務も……」

「忘れる？」

「ええ、専務は睡眠不足で冷静に判断できる状態ではなかったですし、私は恋人に振られて自暴自棄になっていました。お互い合意の上で……いいえ、私が多少一方的だったかもしれませんが、人生にはそんな過ちもあるでしょう。専務の汚点にはなりえません」

ね？　と雑賀に同意を得ようとしたが、彼は微笑んだまま小首を傾げただけだった。自分にはそんな過ちなどないと言わんばかりだ。

「ですので、あの一夜に責任を感じていらっしゃるのだとしたら、お互いさまですので、どうかお気になさらず……」

「勘違いしているようだが、あの夜の責任、と言うなら、罪悪感を覚えるべきなのは君の方だろう。俺の身体を好き放題したのだから」

「……ですが、気持ちよさそうにしていらっしゃいましたよ？」

真顔で反論すると、彼は渋面になって押し黙った。図星だったらしい。

しかもあのときの経験を思い出しているのか、ほんのりと耳が赤い。百戦錬磨の顔をしてこんなかわいらしい反応をするとは少々意外だ。根は純粋な人なのかもしれない。これなら説得できそうだ。

だがそのとき、忠実な秘書が強烈な援護射撃を仕掛けてきた。

「……実は、静様はあなたと濃厚な一夜を過ごしてから、不能になってしまったのですよ」

「え？」

「おい、雑賀っ」

「正確には、黒咲さん以外には——でしょうか、静様？」

静は喉の奥で低く唸る。不能とはっきり言葉にされるのは男にとっては辛いことだろう。けれど彼は眉間に皺を寄せたまま深く息をはいて、「そうだ」と頷いた。ごまかしもせず素直に認める姿勢は尊敬できる。

「瑠衣子を思い出せば反応するが、他では欲情できなくなった。どうやら君以外ではもう勃《た》たない」

「…………」

——えっと……。

まさか職場でこんなカミングアウトをされるとは。

静と雑賀に責任とるよな？　と、目で問いかけられているのがわかる。

つまり、彼が責任を感じているからでもなく、プライドの問題でもなく、鳳家存続の危機であるから結婚を申し込んできたということか。事情はわかったし、正直申し訳ない気持ちもあるが、瑠衣子は腹の奥に力を込めて二人をまっすぐに見つめ返した。

そして笑顔で一言、「お断りします」ときっぱりと告げる。

「ひとまず、専門医への受診をおすすめします」

良心は痛むが、それはそれこれはこれだ。たった一夜、しかも数時間を過ごしただけの相手にこれからの人生をかけて償えと言われても重すぎる。あの日はお互い合意の上だったのだから。

ましてや彼の自己申告なのだ。この二人が何らかの理由で嘘を言っている可能性も大いにありえる。不能が理由でないなら、一体どういう事情があるのかまったくわからないし、彼らのメリットも見えないが、瑠衣子には、何かおかしなことに巻き込まれるのではないかという危機感しかない。

「このままでは二百年続く鳳家の直系の血が途絶えます。それでもあなたにはまったく責任がないと？」

「雑賀」

「優秀な静様の血が途絶えることは、我が社にとっても大損害です」

「雑賀、やめろ。それは瑠衣子には関係ないことだ」

責めるような雑賀の言葉を静が窘《たしな》める。予想通りのセリフが出て来て瑠衣子の顔には冷笑が浮かんだ。

——責任の重さとか血筋とか、自分たちは庶民とは違うという考えを持つ金持ちは、これだから嫌いよ。

静本人はそうでないとしても、周りの人間は雑賀のような考え方をしているのだろう。こんなに面倒くさい男だとわかっていたら誘いに乗らなかったのに。いや、見るからにスペックの高い男だと気づいていたのに乗ったのだから、やはり自分にも責任がある。

しかしまだ納得はできていない。よって、彼女は彼に証拠を求めた。

「それが事実かどうか、ちゃんと証明してもらえなければ納得できません。たとえば美女のお誘いに乗っても欲情しないのであれば認めてあげてもいいですけど、私以外に勃たないと言われても信じられません」

ここまで言われたらさすがに相手も引くだろう。

面倒くさい女だと自分でも思うが、これでさっさと諦めてくれたらいい。けれど、そううまくもいかなかった。

「何だ、証明すればいいのか？　いいだろう、君が疑う気持ちもわかるし、確かに、見せてやるのが手っ取り早い。雑賀」

「はい、静様」

「タイプの違うその道のプロを数人集めろ」

「かしこまりました。いつになさいますか？」

「今夜だ」

「え？　今夜？」

唖然《あぜん》としたのは瑠衣子だ。こちらの予定も聞かずに話が進んでいる。しかも自分で言い出したこととはいえ、妙な方向に。

「善は急げだ。来週だと面倒な会食が続いて時間が取れないし、今夜は金曜日。ノー残業デーで君も定時で上がれるだろう。俺も今夜は君との婚約記念のディナーのために時間を空けていた」

「あの、勝手に話を進めないでもらえます？」

一度会ったきりの女に二度目でプロポーズ、そして返事も聞かぬうちから婚約ディナーの予約までしているなんて、一体どういう思考回路をしているのだ。

「わかっている、婚約記念のディナーは残念ながら延期だ。その代わり今夜は俺の証明に付き合ってもらうぞ。君が言い出したことなんだからな。俺が君に一途なのをきっちり見せてやる」

「……いや、見たいわけでは……」

それに延期とは何だ。瑠衣子には結婚の意思などまるでない。

——本当に、妙な方向に話が進んでしまってる。金持ちが暴走するとろくなことにならない……。

瑠衣子は盛大に溜息をついた。

◇◇◇

金曜日の二十時。秘書課勤務一日目にして、瑠衣子は遠い目をしながらモニターを覗いていた。

「……これって一種のセクハラなんじゃ」

「おや、証拠を見せろと言ったのはあなたの方では？」

「……」

否定できないのが辛い。

しかし何が楽しくて、上司の男性器の状態を高級ホテルのスイートルームで観察しなくてはならないのだ。しかもその現場が、静に誘われるがままついて行ったあの部屋だった。そもそもあの日、鳳家が年間契約しているというホテルに飲みに行ってしまったのが間違いだったらしい。

仕事が終わり、逃げようとしていた瑠衣子は雑賀にがっちり腕を摑まれ、鳳家の自家用車に乗せられてここまで連れて来られたのだった。

このスイートルームは、リビングの隣に寝室があり、大きな浴室とウォークインクローゼットがある。現在静がいる寝室にはカメラが二台設置されていた。隠しカメラの場所は本人も把握しており、女性たちも了承済みらしい。

そして、瑠衣子たちのいるリビングにモニターが設置され、高画質で寝室の様子が覗き見できるようになっていた。部屋に通されたときにはすでに準備万端であった。

――やることが突飛すぎて一般人にはついていけない。

玄人と思われるスタイルのいい美女があの手この手で上司を誘惑し続けて、今の女性で三人目。一人目はセクシー美女、二人目は清楚系なお嬢様、三人目はかわいい系の巨乳。タイプの違う美女が彼を押し倒してあれこれ奉仕するが、静は無表情のままだ。彼女たちは静を欲情させられたらミッションクリアであり、もし不能でないとわかっても本番行為は行われない。

瑠衣子との一夜と同じように、静は自分から彼女たちに触れない。押し倒される趣味はないと言っていたから、じっとしているのも苦痛なのかもしれないが。

——まったくこれっぽっちも興味がなさそうね……。

相手の女性がかわいそうに思えてくる。時間制限を設けてローテーションで入ってもらっているが、お互いそろそろ限界だろう。

「まだ続けさせますか？」

隣のソファに座る雑賀が瑠衣子に問いかけた。モニターに映る静の男性器は萎《な》えたまま——。自分の上司となった男の男性器を素面で見ているのももう十分だ。

気持ちいいことをされているはずなのに、時間が経つにつれ静の眉間の皺が濃くなっていく。そんな彼を見ていると、自分たちは何をしているんだろうという虚しい気持ちになった。

「いえ、もう十分です……」

「そうですか」

胸元に取り付けた小型マイクで、雑賀は何やら指示を出した。すると三人目の女性はすっと立ち上がり、服を身に着けて寝室から出てきた。リビングにいる雑賀と瑠衣子に「またごひいきに」と微笑んで去っていく姿はなんともかわいらしく、同性の瑠衣子ですらドキッとする。

――あの巨乳に挟まれても反応しないってどういうことなの。

まさか本当に彼は自分以外に欲情できない体質になってしまったのだろうか。その線が濃厚になってきて、瑠衣子の顔が青ざめていく。

もしこのまま自分が寝室に行って、彼のペニスが勃起したら――。

ぞわりと悪寒を感じ、全身が一瞬で粟立《あわだ》った。

――冗談じゃないわ……！

瑠衣子はこの場から脱出を試みる。先ほど去った彼女の後を追えばよかったと思いながらそっとバッグに手を伸ばすが、その行動を遮るように、雑賀に笑顔で名前を呼ばれた。

「さて、言い出しっぺの黒咲さん。最後の確認がまだですよ？」

「……最後の確認……って、まさか」

「ええ、せっかくここまでのことをしたのですから、最後に黒咲さんご自身で確かめてもらわなくては」

つまり上司の欲望が自分を見た直後に反応するかどうか、その目で確かめろということだろう。こうなる予想はしていたが、もはやこの場から逃げられる気がしない。

もし本当に自分だけが特別だったらどうしよう？

そんな不安と緊張が高まっていく中で、瑠衣子は意を決して寝室へ繋がる扉を開けた。

バスローブを手に取ろうとしていた静が振り返る。綺麗な筋肉がついた見事な背中と、キュッと引き締まった臀部に、筋肉質な太ももが目に飛び込んできた。このまま映像に残しておいたら男女ともに需要があるだろう美しい肉体は強烈な色香を放っていて、血の気が引いていた瑠衣子の顔に熱が集まる。

今までつまらなさそうだった静の無表情が瞬時にほころぶ。面白そうにキュッと口角が上がっている。彼は瑠衣子に近づき、入り口付近で逃げ腰になっていた彼女の腰を抱き寄せた。

「ぎゃあ！」

「色気のない叫び声だな」

「っ！　耳元で、囁かないでください」

「何だ、耳が弱いのか？」

抱き寄せられたまま耳にキスを落とされて、ぞわりとした震えが背筋に走る。素っ裸の男に強く抱きしめられ腰を密着させられると、硬く存在感のあるものがお腹あたりに当たる。服越しでもわかるその硬さと熱さに、瑠衣子は声にならない悲鳴をあげた。

「――ッ！」

「ああ、勃った」

「ちょっ！」

直接的な言葉を向けられて、一瞬で顔が火照った。

「これで君以外に欲情できないと証明できたな。納得したなら諦めて俺と結婚しろ」

「お断りします。っていうか、早く服着てください変態！」

腕の中から抜け出そうとするが、力が強くてびくともしない。

ぐりぐりとその存在を押しつけてくるのはセクハラの域を超えている。あの夜は自分が散々相手を弄んだが、瑠衣子は男性経験が少ない。八年前に一度経験をしてからは、本番行為をしたことがない、いわばセカンドヴァージン的な状態だった。あからさまなアプローチになど慣れているはずがない。

「変態なんて言われたのは初めてだ」

「～～ッ！」

クスクスと楽しそうに笑う男の隙を突き、瑠衣子は渾身《こんしん》の力で押し返した。正面から直視してしまった彼の男性器は、臍につきそうなほど猛々《たけだけ》しく反りかえっている。

彼の欲望の証を直接見るのは初めてではないのに、恥ずかしくてたまらない。そんな初《う》心《ぶ》な反応を見られるのも癪で、瑠衣子は彼から視線を逸らした。

静はその様子を見て尚も楽しそうに笑うが、いつまでも裸のままではいられないと思ったのだろう。床に落ちていたバスローブを手に取り身に着けた。

「静様、入浴の準備が整っておりますが、いかがされますか？」

「ああ、軽くシャワーで流してくる。お湯は抜かなくていい、また後で入る」

「かしこまりました」

――本当、秘書というより執事みたい。

背中を向けていた瑠衣子は、遠ざかる声から静がバスルームに消えたことを察知した。

彼がいない間に早々にこの場から立ち去る算段をつけなければならない。

主の着替えを用意している雑賀に早く帰宅する旨を伝えよう。

「あの……」

「黒咲さん」

「っ！　はい？」

「こちらはあなたの要求に応えてみせましたよ。それで、あなたはどうするおつもりですか？」

「どう、って……」

「まさかこの先のことを何も考えずに、証拠を見せて納得させろと迫ったわけではありませんよね」

「……」

　まさしくその通りなわけで、瑠衣子は言葉に詰まった。

　そもそも彼らの証言が事実かどうか見極めなければ、先を考えることなどできやしない。わかりきっていてそう攻めてくる雑賀は、見た目通りの柔らかな印象とは真逆の性格をしているに違いない。隙を見せたら容赦なく突いてくる、敵に回したら厄介《やっかい》なタイプだ。

　素直な心根の人間なら、雑賀にそう問いかけられたら一言謝るだろうが、瑠衣子は開き直ってみせた。

「お言葉ですが雑賀さん、あなた方の証言が真実かどうか判明してからでないと話にならないのは当然でしょう。たとえ原因を作ったのが私でも、それはまず専門医に相談すべきことですし、そこで解決できるのであれば、無理に私と結婚することもないはずです。それに、証明できたら結婚しますなんて一言も言っていませんよ」

「あくまでもそう言いますか」

「ええ。それにお互い愛のない結婚をしたってその先にあるのは破滅では？」

　そうだ。よく考えなくても初めから気づいていた。瑠衣子は静に一度も「好きだ」と言われていないのだ。

「……そうですか。あなたなら、もう少し賢明な判断をされると思っていましたが」

そう言われた瞬間、瑠衣子は身体が冷えていくのを感じていた。

強者が権力を匂わせて弱者を言いなりにする。その予感がしたから、瑠衣子は無表情のまま硬質な声で雑賀に応えた。

「……それは脅しですか？　あなた方に従わないと解雇《かいこ》されるということですか？」

瑠衣子の感情の変化を敏感に察知したらしい。雑賀が口を閉ざした。

――上流階級の人間は嫌い。近づくとろくなことにならないもの。

彼らの思惑通りに世界は動いている。優先されるべきは自分たちで、彼らを支える者たちのことを考えない。ましてや振り回されている人間がどう感じているのかなんて、気にも留めないのだろう。

黒くてドロドロとした感情が、腹の底から墨のように湧き出てくる。過去に負った苦い傷を思い出して、心が黒い感情に侵食されていく。

いつの間にかシャワーから出て、シャツにスラックスというカジュアルな服装に着替えていた静が、扉の入り口に背を預けたままこちらの様子を窺っていた。今の話も聞いていただろうか。

瑠衣子は感情が抜け落ちた顔を静に向けて、無理やり口角をキュッと引き上げた。

「ここまでさせておいて申し訳ないですが、私、あなたとは結婚できません」

「何故だ」

「先にお伝えしておけばよかったのですが、権力者は嫌いなんです。関わりたくありません。平穏な生活が望めないので」

「そうか。だが俺の生まれは変えられない。今の俺では不服だと言うのなら、会社を辞めて一から起業でもすればいいのか？　少なくとも多少なりともしがらみは減る」

「静様」と雑賀が窘めた。その気になれば本当にやりかねないと思っているのだろう。それができる男なのだと改めて実感する。その発想は瑠衣子が求める平穏さとは程遠い。

「そういうことを言っているのではありません。あなたが専務だろうが社長だろうが、その地位が嫌なのではなくて、あなたの持つ影響力が嫌なのです。関わりたくないんです。そもそも私のことを好きでもないのに、結婚だけ求めてくるなんて理解できません」

平凡でいい。自分は平穏な人生が送りたいだけ。人並みの幸せを手に入れられたら十分幸せなのだ。セレブ妻への憧れなんてものは持っていない。

これ以上言葉を重ねることは無駄だ。このまま去ってしまおう。月曜から会うのが多少気まずくても、仕事は仕事だと割り切ればいい。

――心にベールをかぶせて本心を誰にも見せなければいい。得意でしょ？　私。

信じていた相手に裏切られるのはもうごめんだ。

静の隣をそのまま通り過ぎようとしたが、すれ違った瞬間、瑠衣子の手は彼に摑まれた。

その手の大きさ、力の強さ、そしてシャワー上がりなのに自分よりも低い体温が直に伝わってきて、瑠衣子は思わず歩みを止めた。

じっと自分を見下ろしてくる男を見上げる。濡れた髪は、タオルで雑に拭っただけなのだろう。その姿はまるで事後を匂わせて、瑠衣子を落ち着かなくさせた。

男性的な色香も、行き過ぎれば毒《どく》に等しい。

「……なんでしょうか？」

握られた手はそのままで、至近距離にいる静を見据える。

眉間に刻まれた皺は彼の不機嫌さを物語っている。それはそうだろう。彼のような男性はきっと女性に振られたことなどないのだろうから。

だが、出てきた言葉は瑠衣子を詰《なじ》るものではなかった。

「悪かった。気持ちを伝えずに求婚するのは確かに間違っている。今更だがやり直させてくれないか」

思わず溜息を零す。この場に瑠衣子の味方はいない。応じるしかないのだろう。

「嫌だと言っても放してくれないんでしょう？」

その通りだと言わんばかりに彼女の手は彼の両手に包まれてしまう。そしてじっと見つめられたまま、三度目の告白をされた。

「あの夜以来、君を忘れられなかったことはすでに言ったな。今日、短い間だが、君と過ごしてわかったことがある。君をもっと深く知りたいし、離れがたく思っているということだ。できれば目の届くところにずっといてほしい。正直、この気持ちが何なのか俺にもわからない。だが、フリーにしておくと危険だろう？　他の男に獲られたくない。だから俺と結婚……」

「お断りします」

「……」

笑顔できっぱり。瑠衣子は静を見上げたまま、握られていた手をべりっとはがした。そして手早くバッグを掴み、部屋の外へ向かう。

「待て、少しは考えようとか思わないのか」

「思いません。ご自身の気持ちもわからないのに、結婚しようだなんて、正気だと思えません。そんなこと言われても、こちらは困惑するだけですよ。よくそんな告白でＯＫしてもらえると思いましたね」

「なるほど、それは悪かった。今まで女に自分の気持ちを伝えたことがなかったから正直勝手がわからん。思えば主体性のある女性を相手にしたこともなかったな。瑠衣子の反応はとても新鮮で興味深い。君がどう言おうと俺は諦めないぞ」

力強い宣言を聞いて、扉の取っ手を掴んでいた力が緩んだ。

御曹司は欲しいものが手に入らないのが気に入らないらしい。まるで子どもと同じだ。

――そんなの、手に入らないから執着するだけよ。

少しがっかりしている自分の気持ちに気づかないふりをして、呆れた表情で振り返ると、思いがけず真摯な眼差しにぶつかった。力強い視線に内心ドキッとする。瑠衣子の身体はその場に縫い付けられた。

「権力は行使しない。ひとりの男として俺を見てほしいから、正攻法で瑠衣子を口説き落としてやる」

「へえ……」

ずいぶんな自信だ。だが瑠衣子も負けてはいられない。

ふっと小さな笑みが彼女の口元に浮かんだ。男前な御曹司に求められて簡単に落ちるほど、自分は純真な女ではないのだ。

——いっそ頷けたら楽なんでしょうけど。

静が鳳静でいる限り、瑠衣子に心変わりはありえない。

「ご勝手にどうぞ。私は自分でも呆れるほど面倒くさい女なので、そう簡単にはなびかないですよ」

「それこそ上等だ」

ニッと笑った静と同じく、瑠衣子も笑みを作ってみせた。隙を見せたら食われそうな肉食獣の獰猛さを感じ、必死に虚勢を張る。

パタンと扉を閉めた後、その場にうずくまりたくなるのをこらえてエレベーターに乗った。ようやくひとりになれたという安心感から、盛大に息を吐き出した。

「……面倒なことになったわ」

本気だろうか？　冗談でここまでのことをするとしたら悪趣味すぎる。

——これからどうなるんだろう？

漠然とした不安を抱えながら、瑠衣子は帰路に就《つ》いた。

# 三章

「今夜食事に行こう」

「せっかくのお誘いですが、あいにく今日中に食べなくてはいけない食材がありますのでご遠慮いたします」

「ならば俺がその食材の消費を手伝ってやる」

「お断りいたします。恋人でもない男性を自宅に招いたりはしません」

「では、明日の昼飯用に弁当を作ればいい。二人分」

「庶民の家庭料理など専務のお口に合うものではありませんので」

「そんなことはない。好き嫌いはないし、君の作った料理なら何でも食える。だからと言って雑巾《ぞうきん》の搾り汁をコーヒーに混ぜるなよ」

「私がそのような真似をするとでも？」

「今すぐ離れろと言わんばかりの眼差しで睨んでいるからな」

ああ言えばこう言う……。会話の応酬に疲れて溜息を漏らしたいのをぐっと我慢する。

苛立ちの原因である男は、瑠衣子の一歩先を歩きながら楽しそうに笑っている。

会議が終わり専務室に戻るまでの間、瑠衣子はすれ違う社員たちから好奇と羨望と嫉妬の視線に晒されていた。反論したい気持ちはやまやまだが、ここは会社で自分は社員だ。専務に向かってはっきり迷惑だと言うわけにもいかない。

短い移動時間までも堂々と使いぐいぐいアプローチをかけてくる男も、少しは周りの目を気にしてほしいものだ。最低限のラインは守っているが、きわどい会話に社員が勘づかないはずがない。

「わかった、それなら今夜は家まで車で送ってやる」

瑠衣子の自宅までは電車で二十分の距離だ。満員電車で揉みくちゃにされるのはもちろん嫌だが、車内という密室で自分を狙う男と二人（＋運転手の雑賀）というのも精神的に辛い。

「何故だ」

瑠衣子は一言「お気持ちだけで結構です」と返した。

「……専務、フロアに到着しました」

チン。エレベーターの到着音が響いた。

余裕の表情を貫いているが、彼が不機嫌であることは、雰囲気から伝わってくる。そんな彼の背中を見つめたまま、瑠衣子は慎重に今後の出方を考えた。

ホテルで告白をされた夜から十日が経過していた。

三日にあげずに食事に誘われ、今のでもう何度目か数えていない。雑賀の采配《さいはい》によって何かと専務の雑用を押しつけられることが多く、おかげで数少ない秘書課の女性社員からは含みのある視線を向けられることもしばしばだった。

恐らく本気で専務を狙っている女性はいないだろうが、臨時で総務からやって来ている瑠衣子を専務が特別に構っている（ように見える）現状には何かしら思うところはあるらしい。その気持ちはわかる。

――まったく、面倒くさい……。

専務は今まで男性社員しか周りに置かなかったらしい。それなのにいきなり瑠衣子が専務の周りをうろつくようになったから、よくも悪くも社員の関心を引いていた。はっきり言って迷惑だ。最近帰宅後のビールの消費量が増えている。飲まずにはとてもやっていられない。

「何を考えている？」

役員室のあるフロアを歩いていると、ふいに静が振り返った。唐突な質問には驚いたが、ここで動揺を見せたら付け込まれる。瑠衣子はふんわりと微笑んでみせた。

「今朝切れた自宅の電球のことを。忘れずに買いに行かなければと思い出したところでした」

プッ、と小さく噴き出したのは瑠衣子の後ろを歩く雑賀だ。恐らくこの御曹司と一緒に歩いていて電球のことを考えていた女性など今までいなかったのだろう。

——電球が切れていたのは本当だけど、よく私も咄嗟に思いついたものだわ。

しかし気分を害した様子も見せず、静はひとつ頷いた。

「なるほど。それは確かに不便だな。では買い物はどうだ。君は車を運転しないだろう。電球を買うついでに徒歩じゃ買いにくい日用品も買うといい。運んでやるぞ」

「そのようなものはネット通販を利用していますのでご心配なく」

「……電球を交換するにも男手があった方が助かるだろう」

「脚立《きゃたつ》がありますので、ご心配は無用です」

「……」

まったく進展しない会話を繰り返しながら、専務室へ入った。静の後を追い、手に持っていた書類のバインダーを専務のデスクの上に置く。

静は大きな溜息をつきながら黒い革のチェアにゆったりと腰をかけた。眉間にはくっきりと皺が刻まれている。自室に戻ってきたことで抑えていた感情が表に出たらしい。

——案外感情豊かよね。外じゃクールだと思われているけれど。

何を考えているかわからない相手と腹の探り合いをするより、ストレートに感情をぶつけてくれる相手の方が誠実さを感じられて、少しだけほっとする。だからと言って恋愛感情に結びつくわけではないが。

「それでは、私は席に戻りま……」

「君は一体、俺の何が不満なんだ」

踵《きびす》を返そうとしていた瑠衣子の足が止まる。

顔を向けると、彼は長い脚を組んで先ほどよりも不機嫌な表情を浮かべている。

部屋の主のために雑賀がコーヒーを運んできた。彼の苛立ちを落ち着かせるためらしい。

珍しく、雑賀は瑠衣子の味方をしてくれるようだ。

「お言葉を返すようですが、私は何か不満を申しましたでしょうか」

「違う。君は一体俺の何が不満なんだと訊いている。見てくれはいい、社会的地位もあり、家柄だって申し分ない。仕事もできて金もある。その俺のどこに欠点がある」

「……」

強いてあげるなら、そのセレブ特有の傲慢《ごうまん》さではないだろうか。

——自分で外見がいいって言っちゃう人、初めて会ったわ。変態の上にナルシストなの？

この御曹司、個性が強い。

確かに顔は文句なしに整っていて、均整の取れた長身の体軀《たいく》も素晴らしい。時折にじみ出る色香は毒のようだ。たいていの女性は、彼に見つめられるだけで顔を赤くするだろう。瑠衣子とてまっすぐ自分を見つめてくる強い視線を受け止められるほど、強靭《きょうじん》な精神を持っているわけではない。向けられる想いが強すぎると余計逃げたくなる。

受け止めずに横へ流す。それが彼女が培ってきた処世術だ。

「私は、お金で解決できることに興味がありません。それだけお伝えしておきます」

笑顔の仮面をはりつけて扉へと向かう。だが数歩進んだところで、背後から静に問いかけられた。

「なるほど、過去の男か。金持ちのろくでなしにでも引っかかったようだな」

「黒咲さんはもう少し男性を見る目を養った方がいいのかもしれませんね」

主従揃って失礼な男たちだ。しかしその通りだからこそ腹立たしい。

「恋人を幸せにできない男のことなど忘れろ。俺も金持ちではあるが、ろくでなしではないから安心していい」

まるで自分であれば幸せにできるとでも言いたげな口調だ。瑠衣子は小さく嗤《わら》った。

金持ちのろくでなしで片づけられるほど、その男の存在は軽くはない。何度も忘れたいと願った。忘れられたらどれだけ生きやすくなるだろうとも思った。

けれど忘れたくない記憶ほど彼方に追いやられ、忘れたいことほど心の奥にべっとりはりついている。

たかが数年経過したくらいではそのときの心の痛みは消えない。

「顔も頭も家柄もいいお金持ちの御曹司こそが恋愛対象外なんです。……少し書類整理ができるかと思っていましたが、もう終業時間ですので本日はこれで失礼いたします」

一礼し、そのまま部屋を後にした。私物を取りに秘書課のデスクへ向かう。

通路の角を曲がったところで、瑠衣子は大きく息をはいた。手のひらが冷たい。身体中の毛穴から冷たい汗が流れる錯覚まで感じられた。

「……っ、はぁ……」

たった数秒、心の奥底に追いやった記憶が蘇りそうになっただけで、全身が粟立った。服の上から心臓をギュッと押さえる。心拍数がいつもより速い。身体が緊張で強張ったからだろう。

「……消せるなら消してよ」

嫌な記憶も体験も、臭いや感触も全部。消せるものなら催眠術を使ってでも消してほしい。

でもそれではいざという時に困るから、ちゃんと覚えておいて普段は思い出さないようにしているのだ。事情を知っている人間が、今は瑠衣子の周りにはいないから、もしもの時は自分で自分を守らなければいけない。

あれからもう八年。いや、瑠衣子にとってはまだ八年だ。

ようやく少しずつ前を向いて将来を考えられるようになってきたのに。またしても異性関係で厄介ごとに巻き込まれるのは困る。

もうひとつ小さな溜息をつき、トートバッグを摑んだ。

「お先に失礼します」

「お疲れさまです」

部屋に残っていた数名の男性秘書と挨拶を交わし、この日は定時で退社した。

◇◇◇

「イケメンの金持ちの御曹司こそが恋愛対象外ってどういうことだ」

「さあ、それは私に訊かれましても」

瑠衣子が去った後、静は苛立ちを抑えることのないまま冷めたコーヒーを飲んだ。

まったくなびかない彼女が腹立たしい。今までたいていの女性は静が誘えば、笑顔で頷いてはとろりとした目を向けてきたのに、瑠衣子は違う。信じられないことにまるで自分に興味がないようだ。

腹の底がすっきりしない。胃の奥が消化不良に陥っているかのようにムカムカする。

「顔も学歴も家柄も全部持っている男が嫌いというのは理解できん」

「ですが単純に考えると、それだけ揃っている人が彼氏ならやっかみを受けますからね、特に同性からの」

女同士のいざこざが面倒だということだろうか？

——考えられなくもないが、それが一番の理由ではないだろうな。

眉間に皺を刻んだまま思案する。

ここまではっきり女性に振られたのは初めてだ。

正直に言うと、瑠衣子に結婚を前提に交際を申し込んだのは多少の打算があった。彼女のことが忘れられなかったのは事実だが、どうしようもなく愛しているから結婚したいと思うほど気持ちは育っていない。もちろん、彼女以外に反応しなくなった時点で瑠衣子が特別なのは認めているし、他の男に獲られたくないのは本心だが。

それに、こうやって袖《そで》にされ続けると男の狩猟本能が駆り立てられる。絶対に振り向かせてやるという気持ちになるのだ。

——しかしその後は？　瑠衣子が自分を受け入れて、恋愛感情をぶつけてきたら？

手に入らないから意地になって手に入れようとしているだけなのだろうか。

「…………」

今、彼女から「好き」という二文字をもらえる可能性は限りなくゼロに近い。むしろ

「嫌い」と言われる可能性のほうが高そうだ。

　はっきりとそう断言されたわけではないが、瑠衣子にそう言われた自分を想像すると、不快感が高まった。モヤりとした気分にさせられる。

「何だこの感情は」

　ここまで尽くしているのに一向に振り向こうとしない女性が物珍しいだけではない。ムキになってはいるが、それだけではないと思う。

　自立心が強く意地っ張りで男に頼ろうとしない女性と関わったのも初めてだが、それが瑠衣子でなければ恐らくどうでもいい。

「女なんて少し冷たくしたら拗《す》ねて泣く、基本男に甘えたいと思う生き物じゃないのか？」

「ええ確かに、静様の周囲にいた女性は皆様そういう方でしたね。黒咲さんは男性の前で泣くタイプではなさそうですが」

　甘えるのも下手そうですね、と雑賀が続けたセリフが耳に残る。

　人の前では泣かない、誰かを頼ることもしない、男に甘えることを自分に許さない。

　そんな不器用な彼女が放っておけないという気持ちが芽生えていることに気づき、静は首をひねった。

　――手放したくないと思っているのは純粋に彼女が欲しいからなのか？

　先ほどの応酬も嫌な気分になったわけではなかった。むしろ思ったことをあそこまで上司に対して言い放てるのは、肝が据わっていて根性もあると思える。

バーで見かけたときは彼女の凛《りん》とした雰囲気が気になった。正面から視線を合わせれば、澄んだ双眸が印象的で引き込まれ、彼女の落ち着いた声が耳に心地よくて。理知的でありつつ、どことなくかわいらしさの混じった容姿も好みだった。

まさかその後でいいようにされるとは思わなかったが、あの強烈な体験を思い出すたびに身体の芯に熱がこもる。

あの身体に触れたい。今度は彼女を啼かせて、快楽に震えて悶《もだ》える姿が見てみたい。その瞳に映るのは自分だけでいい——と思いそうになり、はっとする。

——何だ今の独占欲みたいなのは。

チッと舌打ちが漏れた。一瞬冷静さを見失っていた。

あまりにも振られ続けるから、妙な方向へ感情が暴走しているのだろう。小さく息を吐き出し、呼吸を整える。

「まあいい。手ごわい相手は嫌いじゃない」

この感情に明確な名前がつくにはまだ時間がかかる。だが瑠衣子が他の男に甘える姿や泣く姿を想像すると苛立ちが増すということはわかった。

彼女を振り向かせてみたい。その先に待つのが何なのかをはっきりと掴むのも、時間の問題だろうと静は思っていた。

◇◇◇

会社のあるオフィス街から徒歩十分。最寄り駅に到着したところで、瑠衣子はスマホが震えていることに気づく。

オフィスにいるときはマナーモードにしているため、バッグに入ったままのスマホの着信に気づいたのは偶然だった。

「もしもし、怜奈？」

『あ、瑠衣子？　電話に出たってことはもう帰るんだよね。今どこ？』

「今駅に着いたところだけど。どうしたの？」

同僚の怜奈から電話が来るときは、たいてい夕食のお誘いだ。女二人で居酒屋に飲みに行くことが多い。

恐らく聞いてもらいたいことがあるのだろう。いや、今回は逆かもしれない。向こうが根掘り葉掘り瑠衣子の現状を聞き出したいのだろう。

『ちょうどよかった！　駅の近くにあるイタリアンで飲み会があるから、瑠衣子も来ない？　新しくできたお店で、今なら飲み放題だって』

やはり飲みのお誘いか。

いはず。

——飲み会ってことは誰かほかにも来るのよね。怜奈が誘う人で私が知らない人はいな

同期で同じ部署である彼女の社内の交友関係は瑠衣子とほぼかぶっている。プライベートで飲みに行くほど仲がいい人は数人程度しかいない。

冷蔵庫にある食材を使ってしまいたいと静には言ったが、それは明日の昼のお弁当に使えばいいだろう。もしくは今日作っておいて冷凍するという手もある。

今日はまだ月曜日で一週間が始まったばかりだが、精神的に疲れたので瑠衣子も飲みたい気分だった。イタリアンレストランということは、きっとおいしいワインが期待できる。

「わかった、何時スタート？　お店は？」

『まだ開始時間には間に合うから大丈夫。私もあと五分くらいで駅に着くから、駅で合流しよ』

怜奈の提案に乗って、瑠衣子は駅前で彼女を待つことにした。

忙しなく目の前を通過していく人たちをひっそりと眺める。周囲には若い男女や中年の女性がいて誰かと待ち合わせをしているようだった。

——これからデートや食事に行くのかしら？

かわいくおしゃれしている女の子を見ると微笑ましくなる。

やがて、ひざ丈のプリーツスカートを穿《は》いた怜奈が手を振ってやって来た。

「お待たせ～って、瑠衣子、風邪？」

「ううん、風邪予防のためにマスクしてるだけよ」

電車に乗るとき、街を歩くとき、瑠衣子は冬から春の季節はマスクをして過ごしていた。暖かくなると外すが、代わりに帽子や日傘を必ず使う。

サングラスもかけるようにしているが、これは紫外線対策だけではない。事情を知らない人間には美容の意識が高いと思われているが、それは会社で一番仲がいい怜奈でさえ例外ではない。

「そっか、ならよかった。じゃあ遠慮なく飲めるわね」

「月曜日から飲みすぎないでよ？」

そんな他愛ない会話をしながら目的地へ向かう。

そこは大通りから一本外れた、おしゃれな外観のイタリアンバー兼レストランだった。

レンガ造りの建物はヨーロッパの街並みを思わせる。店の前には黒板のメニューに今日のおすすめが書かれており、空いたスペースのチョークアートが華やかだ。

店内は広々としていて、入り口付近にあるバーカウンターの奥にはずらりと洋酒が並べられている。ジャズが流れる店の奥には簡易のステージがあった。ピアノとギターにマイクなどが並べられているから、店内で生演奏もされるのだろう。

「雰囲気いいわね～、落ち着く」

怜奈が上機嫌に言った。確かに女性客が好みそうな内装だ。

だが案内されたテーブルを目にした途端、瑠衣子は目をすっと細めた。男四人、女二人が着席している。空いている席は怜奈と瑠衣子用だろう。

女性二人には見覚えがあるが、男性陣の背中と横顔には見覚えがない。

男女が同数集まった飲み会はすなわち合コンなのではないだろうか。

「怜奈ちゃん、今日は普通の飲み会じゃなかったのかしら。何も聞いていないけれど？」

まだ相手はこちらに気づいていない。着席する前に小声で問いかければ、怜奈はかわいらしくウインクをしてきた。

「だぁーって、合コンって言ったら瑠衣子来ないかなと思って。今日は優良物件が揃ってるって泉《いずみ》ちゃんたちが言うからさぁ」

泉ちゃんというのが今夜の幹事らしい。経理課の泉さやかと、もうひとりの名は小森綾《こもりあや》乃《の》。今集まっている男性陣は大手エネルギー会社の営業で、どういう伝手《つて》を頼ったのか、独身でフリーの若手ホープが集まったのだとか。

事前確認を怠ったのは瑠衣子だが、合コンだと思っていたら参加など……。

——しないところだけど、もしかしてこれってチャンス？

普段なら乗り気になることはないが、普通の恋人と出会えるチャンスなのでは。

散々静を振り続けてはいるが、瑠衣子に結婚願望がないわけではない。むしろ条件の合う人と巡り合えたらお見合い結婚でもいいと思っている。

その条件とは、誠実で優しく、そして自分を愛しすぎない人。

どうやら自分に恋愛は向かない。ならば条件が合う人と結婚すればいい。もちろん御曹司の嫁は御免蒙《こうむ》る。

「ごめんなさい、お待たせしちゃって。開始時間には間に合ったかしら？」

「大丈夫ですよ。僕たちもさっき着いたところなので」

社交的な怜奈がにこやかに挨拶をし、瑠衣子も笑顔で会釈した。ドリンクメニューを渡されて注文し、飲み物が届いたところで、乾杯をする。

瑠衣子の目の前に座る男は、寺田《てらだ》と名乗った。年齢は今年で三十歳。しかし童顔なのか瑠衣子よりも年下に見えて、ニコリと笑ったときに見える八重歯《やえば》がかわいらしい。

「黒咲さん、ご趣味は？」

「え、と……自宅での映画鑑賞とかでしょうか」

ちょっと緊張した面持ちの寺田の質問に、他の男性陣がどっと沸いた。

「いきなりご趣味は？　って、お見合いか」

そう突っ込まれた彼の顔が赤い。

その様子が小動物にも見えて、瑠衣子の顔にも自然と笑みが浮かんだ。

――年上なのにかわいい。女性慣れしていなさそう？

瑠衣子の周囲には昔から肉食獣のような男たちが多かった。だから、かわいいと思える男性は、瑠衣子にとってはとても新鮮で貴重な存在に思えた。

「寺田さんはあまりこういう会には参加されないのですか？」

「そうですね、僕ずっと男子校で、大学でもほとんど男子しかいない学部だったので女性とはまるで縁もなく」

「そうなんですか？　でも営業なら女性社員も多いのでは？」

「いいえ、僕は営業ではなく開発で研究所の方なんですよね。今日は同期の今村《いまむら》に声をかけてもらって参加しているんです」

寺田の隣に座る短髪で爽やかなスポーツマンふうの男がひらりと手を振った。彼が今村なのだろう。今村は怜奈と会話を楽しんでいたが、名前を呼ばれたことで会話に加わってくる。

「こいつ入社直後から同期の子と付き合ってたんだけど、一年以上前から二股かけられてて、ちょっと前にそっちと結婚するって言われて振られたんだよ」

「わあ！　バカ、何でそんな話を」

「えー、そうなんですか？　あ、でもそれなら瑠衣子も最近彼氏に振られたばかりでお揃いじゃない」

慌てる寺田にフォローするように怜奈が瑠衣子の話題を引っ張り出した。詳しく話したわけではないが、別れたことは彼女に伝えていたのだ。

瑠衣子は苦笑気味に頷きながら赤ワインを飲んだ。

「え、黒咲さんもですか？　男性に振られるようには見えませんが」

それは、別れを切り出すのは瑠衣子の方に見えると言っているのだろうか。

現在進行形で約一名を振り続けているから、あながち外れではない。だが実際は浮気男に飽きられて振られたのだ。

「先日、元カレに五股をかけていたことをわざわざ教えられて、その場で振られました。しかも彼女の一人は私の後輩ですし」

初耳だった怜奈が「はあ!?」と驚愕の声をあげた。

「あんた浮気されてたの？　しかも後輩って言ったら私の後輩でもあるじゃない。一体誰よ！」

名前を言おうものなら、今すぐその後輩を呼び出して問い詰めそうな勢いだ。

「もうどうでもいいの。こっちこそあんな男願い下げだもの」

瑠衣子が笑いながらそう告げた直後、料理が運ばれて来た。

プロシュートが乗ったサラダと白身魚のカルパッチョ、アサリのワイン蒸しの後、焼きたてのピッツァと魚介類たっぷりのパスタにトリュフリゾットが運ばれて来る。しばし会話を中断し、皆食事に集中する。

ロブスターが入ったパスタは濃厚なトマトクリームソースがよくからまっていてとても美味だ。一皿のボリュームも少なすぎずちょうどいい。

この店はアタリだ。今度また怜奈と来よう。

それからはトラブルも起こらず、全員気分を害することもなく、無事に食事を終えた。翌日も皆仕事があるので二次会は行わないことになった。

会計を済ませた後にお手洗いに行き、店を出たところで寺田が瑠衣子を待っていた。座っていたときの寺田は小柄に見えたが、瑠衣子より十センチ以上背が高い。彼は、目を引くほどのイケメンではないが女性にモテるだろう。

傍にいて和むタイプだ。牙をむき出しにして欲望を向けてくる男たちよりも、断然癒し系の方がいい。瑠衣子は激しく燃え上がるような恋愛を求めているわけではないのだ。

——……この人だったら好きになれるかも。

友人から恋人へ。そんな未来が思い描ける。

まずは連絡先を交換しよう。

「皆さん先に駅に向かいました。よかったら一緒に行きませんか？」

寺田は少し緊張感を漂わせながらはにかんだ。少年っぽさが残っていてかわいらしい。

だが、つられて頷きそうになったところで——。

「——ッ！」

背後から気配もなく、いきなり強い力で肩を抱き寄せられた。

背中に見知らぬ誰かの体温を感じ、身体が一瞬ですくみ上がる。

驚きと恐怖が襲い掛かり、心臓が大きく跳ねた。

「今夜は使わなくちゃいけない食材があったんじゃなかったのか？　瑠衣子」

しかし、頭上から振ってきた声が彼女の思考を冷静にさせた。

「……専務、何故ここに？」

嗅《か》ぎ覚えのある香りが鼻腔を通じて脳に届く。強張った身体が緩んでいった。

——大丈夫、この人はあの男ではない。

心臓が落ち着きを取り戻している。そんな自分の変化に気づかれないように小さく息をはいて、瑠衣子はゆっくりと彼の腕の戒めを外し向き直った。

数時間前に別れたばかりの上司は庶民的な場所よりも大都会の夜景が似合う。暗色系のスリーピーススーツを着こなす姿はとても一般人には見えない。

猛禽《もうきん》類のように鋭い眼差し。嘘は許さないと咎めている目だ。

これでは草食系の寺田に逃げられてしまう。

「それは俺のセリフだ。瑠衣子、この男は誰だ？」

静よりも小柄な寺田は、上司から厳しい眼差しで叱責されているような気分になったのだろう。びくっと肩を震わせた後、背筋をピンと伸ばした。

先ほどまでの柔らかな微笑は消えていて、まさに逃走五秒前。目は潤《うる》んだチワワのごとくで、内心あわあわしているに違いない。

「下の名前で呼ばないでください、鳳専務。それからいきなり名前も知らない方を睨みつけるのはやめてください。寺田さんに失礼です」

「寺田？　どこの部署の寺田だ」

「……他社の寺田さんです」

さっさとこの場から離れたい。店先で男女三名が言い争っているのは、営業妨害になるのではないか。

人通りの激しいところなのでいつ同じ会社の人間に見られるかわからない。変な噂が立つのはごめんだ。

早いところうまくごまかしてここから立ち去ろうと考えていたとき、怯《おび》えを見せていた寺田が顔を引き締めて自己紹介を始めた。おのずと先ほどまで合コンが行われていたことが静に知られてしまう。

「合コン、だと？」

不機嫌さが隠されていない。

このまま静のことは寺田に任せて逃げてしまおうかという非道な考えが頭をよぎるが、翌日また職場で顔を合わせるのだから無意味である。それにその場合二度と寺田とは顔を

合わせられない。

考えあぐねているうちに、静が瑠衣子の手首を取った。その力の強さに呻《うめ》きが漏れる。

「いっ……！」

「行くぞ」

「ちょっ!?」

茫然とその場に立ち尽くす寺田の姿は、角を曲がったところで見えなくなった。

その先に停まっていた車に強引に乗せられて、扉を閉められる。

ドイツ製の黒の高級車。ごく普通の家庭で育った瑠衣子には外車にも高級車にも馴染みがないが、かつて同じ高級車の別モデルに乗っていた人を知っている。

この男といると、思い出したくもない過去の記憶をちくちく刺激される。静が悪いわけではないが、どうしても思い出してしまうのだ。

運転席に乗り込み、静が車を発車させる。

いつも雑賀に運転させているのだと思っていたが、彼自身も車を運転するとは初めて知った。知りたくもない余計な情報だったが。

「……人攫いですか、専務」

「……黙ってろ。すぐに着く」

今にも舌打ちが漏れそうな声音だ。恐らく衝動的に連れ込んでしまったことに、彼自身も戸惑っているのだろうが、ここまでしてしまったからには後戻りはできないだろう。

もし近くの駅で降ろしてくれれば、静の評価は最悪なところまで落ちないのだが、このまま進めば転がり落ちていくだけだ。

車の走行距離が増えるごとに、瑠衣子の心は冷えていった。

──私の家まで送ってくれるわけではないわよね。

イケメン御曹司が自分の秘書にしてまで傍に置いた女性を合意もなく連れ去るという暴挙は、マスコミが喜ぶネタになるだろう。だがそれが公になることはない。

日本の有名な財閥である鳳家。その鳳グループの会長子息であり、独身の御曹司がスキャンダルを起こしたとしても、たいていのことはもみ消せる。瑠衣子は何の影響力もない一般人なのだから、それこそたやすいだろう。

正しいことをした人間が損をする。おかしいことをおかしいと訴える人間が無視される。真面目に生きるのが馬鹿らしくなるほど、この世は理不尽と不条理で溢れているのだ。

──……だから金持ちは嫌いよ。

お金と権力ですべてが思い通りになると思っているのだから。

重苦しい空気が車内に流れてから二十分ほどで、車はタワーマンションの地下に入った。パーキングエリアに車が停まると、後部座席のドアが開かれる。

「着いたぞ」

差し伸べられた手を見つめたまま動かずにいると、焦れた男が瑠衣子の手を取った。車から降ろし、逃がさないように片腕でがっしりと腰を抱いてくる。

恋人でもない女性相手に適切な距離ではない。だが、隙のないスマートな歩き方を見れば、彼がこんなふうに女性を連れて歩くのに慣れているのが感じられる。

そのままエレベーターで一階まで上がる。そこには高級ホテルのロビーを彷彿とさせる広々とした空間があり、質のいい調度品が置かれている。ラウンジの奥にはカウンターがあり、コンシェルジュが常駐しているらしい。穏やかそうな四十代前半と思しき男性が、静と瑠衣子に頭を下げた。

エレベーターを乗り換えて、到着したのは最上階の部屋だった。

最上階のフロアには静の部屋ともう一部屋しかないようだ。一般家庭では月々の家賃さえ払えないような部屋だが、きっと静が所有しているのだろう。

カードキーで開錠し、扉が開くと、瑠衣子は腰を抱かれたまま無言で中へ連れ込まれた。一体何畳あるのかわからない玄関でパンプスを脱ぐ暇もなく、部屋の奥へと連れて行かれる。

「ぁ……っ」

強引に連れ込まれる途中で片方のパンプスが脱げると、それに気づいた静は、軽々と瑠衣子を抱え上げた。

「キャッ！」

余計なものが一切置かれていないシンプルな部屋には、ダークブラウンの重厚な革張りのソファが向かい合わせで配置されており、中央にはガラスのテーブル。

キッチンカウンターの他にバーカウンターまであり、瑠衣子が知らない銘柄の洋酒がいくつも並べられていた。

じっくり観察する間もなく、頭上から苛立ちを抑えたバリトンが問いかけてくる。

「ソファとベッド、選べ」

「え？」

突如与えられた二択が生々しく響いた。

東京の夜景が一望できる現実味のないタワーマンション。その一室に連れて来られた目的がわからないほど瑠衣子も初心ではない。

しかし話し合いの余地ぐらい残っていると思っていた。けれど、相手はそう思っていないらしい。

思考停止状態に陥った瑠衣子を見下ろし、静は一言「時間切れだ」と告げた。そしてソファを素通りし、ひとつの扉を器用に開く。

「ッ！」

マスターベッドルームの中央にはベッドメイキングされたキングサイズのベッドが置か

れてあった。

ナイトテーブルに置かれた照明が部屋を照らしている。

「待っ、下ろして」

「すぐに下ろす」

そうじゃない、ベッドに運ぶ前に今下ろしてほしいのだ。

わかっているだろうに、静は瑠衣子の言葉を聞き流し、皺ひとつないシーツが張られたベッドの上に彼女を下ろした。

ほどよくスプリングがきいた寝心地のよさそうなベッドだが、堪能するつもりはない。

だが、すぐに起き上がろうとしたところで、静が覆いかぶさってきた。両手を頭上でひとまとめにされ、動きを奪われる。

至近距離で見据えられながらも、瑠衣子は会話を試みた。

「専務、ご自分が何をされているか、理解していらっしゃいますか」

「わかっていなかったら、こんなことをしていない。こうでもしないと、君はいつまで経っても俺を拒絶するだろう。別に断られた恨みなんかはない。だが俺と正面から向き合わず、適当にかわした足で合コンに参加するとはどういうことだ」

不誠実な対応だと責められているらしい。

そもそも瑠衣子は初めから交際はできないと断っているのに、それを聞き入れないのは静だ。彼の気持ちは彼のものだが、だからと言って彼氏面でそんなことを言われる理由にはならない。

怒ると凄味が増す端整な顔を見上げて、瑠衣子は冷静にその問いに答えた。

「同僚に飲みに誘われたのでついて行ったら、それが他社との合コンで、数合わせで呼ばれただけのことです」

「何故俺が誘ったときは断っておきながら、同僚の誘いには応じるんだ。冷蔵庫の食材を引き合いに出してまで」

「食材は冷凍するか明日のお昼用に今夜使えばいいと考えなおしたからです。仲のいい同性の誘いと上司の誘いが同等とでも思っているのですか。気兼ねなく飲みに行けるのと、気を遣わなければいけない相手と飲むのが同じだなんて思いませんよね」

「なっ……」

賞味期限ぎりぎりの食材と女性の同僚に負けて、屈辱でも味わっているのだろう。眉間の皺が深い。

「私は嘘などついていませんし、どちらを選ぶかは私の自由です。おわかりになりましたら手を放してください」

頭上で押さえつけられている手首が少々痛む。両腕を片手で難なく押さえつけられていると、男女の力の差を嫌でも見せつけられ、みじめな気分になった。

黙り込んだ静が不機嫌な顔のままゆっくりと口を緩める。

「……静だ」

「はい？」

「職場の外で俺を役職名で呼ばないと約束するなら、手を放してやる」

……子どもか。

呆れた眼差しを向けるが、彼は至極大真面目な様子。

――いや、いろいろとおかしいけれど。

ここは瑠衣子の方が折れるしかないだろう。

瑠衣子は、はぁと、小さく溜息を漏らす。

「静」

「……」

「これでいいです、……、ンッ！」

問いかけの言葉は途中で封じられた。瑠衣子の目が驚きに見開かれる。

不機嫌で仏頂面だった男が名前を呼ばれた瞬間、瑠衣子の唇を奪ったのだ。

唐突な展開に思考が追いつかないが、手は自由になっている。理性を奪われた獣のように素早い行動だったが、約束は律儀に守るらしい。いや、出会った夜にキスはするなと伝えた約束は破られているが。

――ヤバイ、キスっていつぶりだろう。

先日別れた男とは数えるほどもしていなかった。

重ねられた唇は、優しく触れ合うだけの生易しいものではない。情欲を伴い、明確な意志を持って唇の隙間をこじ開けようとしてくる。

しかしそこまでの侵入を許せるほど、瑠衣子はたやすくない。

上唇と下唇を食まれて、引き結んでいる合わせ目をなぞられるが、流されることなく侵入を拒んだ。

だが、キスをされることに嫌悪感はない。そのことには少し驚いたが、すでに自分から彼を襲ったことがあるからだろう。御曹司は恋愛対象外だが、静の外見がいいのは認めている。酔っていたとはいえ、初対面で誘いに乗ってしまうくらいなのだから、やはり好みなのだ。

「頑固だな」

ふっと小さく微笑まれた直後、不埒な手が瑠衣子の胸に触れた。

「っ！」

瑠衣子の反応に気をよくした静は、さらに大胆な行動に出る。唇を触れ合わせたまま、瑠衣子のジャケットのボタンを器用に外し、ブラウスの上から女性らしい丸みを弄り始めた。

ブラウスと下着に隠された胸の頂《いただき》までも探り当て、人差し指でキュッと押してくる。

「ちょっ、……ア、ンンッ！」

抗議の悲鳴をあげた瞬間、侵入を試みていた静の舌が彼女の口内に攻め入った。同時にピリリとした甘やかな痺れが胸から腰へと伝わる。

自分の身体が意思とは別に快楽を拾っていることを知り、顔を背けようとしたが、すかさず静の手が彼女の頬に添えられて阻止された。

「んぅ、ふ……っ！」

貪欲に快楽を追い求める舌が瑠衣子を攻め立てる。歯列をなぞられ上あごもざらりと舐められ、逃げる瑠衣子の舌を執拗に絡めては溢れる唾液を吸って、嚥下《えんげ》する。口の端から伝い落ちる唾液も一滴残らず食らいつくすように、余すところなく舐めとられた。

自由になった手で静の胸板を押し返そうとするが、その手はすかさず擱まれる。おまけに恋人繋ぎのように指を絡めたままシーツに押しつけられた。

大きく骨ばった男の手に包まれる感触は、体温を分かち合うものではなく支配を示すもの。押さえつけられたシーツの冷たさを感じられる余裕は残っていたが、静はそれに気づくと吐息すら奪いつくすキスを仕掛けてきて、瑠衣子は息も絶え絶えになってしまう。

——酸欠でクラクラする……。

ぴちゃぴちゃと響く水音が淫靡《いんび》に響く。耳を犯すように、静が掠れた声で彼女の名を紡いだ。

「瑠衣子」

太ももに硬い感触が当たる。熱を帯びたそれが何であるかを悟ると、驚きと興奮から呼吸が大きく乱れた。

「……っぁ！」

ずくんと下腹の奥が疼く。月に一度しか存在を思い出さない臓器が、キュウと切なげな音を奏でて女の性を意識させる。

知らない、感じてなどいない。自分は性的に感じたことなど一度もないのだから、これも気のせいだ。

気持ちが伴っていないのに、身体が反応するなどありえないこと。たとえ静の声がセクシーに響いたとしても、それを素直に感じ取ることなどあるはずがない。

――力が抜ける……。

利き手を封じられ左手を動かそうとしてみるが大した抵抗にはならない。

酸素不足になる前に解放された頃、上体を起こした静が襟元からネクタイを片手で引き抜いた。

しゅるりとした衣擦れの音が聞こえた直後、荒い呼吸を繰り返す自分に静がさらに近づく。

目元がほんのりと赤く色づいている。情欲を宿した目が覗き込んできた。

「この間のお返しだ」

「……?」

あ、と思ったときには、両手首が静のネクタイに戒められていた。

上質なシルクのネクタイは強く結んでもさほど痛くはない。けれど、自分の力では決して抜けない強さで自由を奪われていることに、ぞくりと恐怖が湧き上がった。

「あ……」

ジャケットを脱ぎ去り、はだけたシャツの襟元からは引き締まった首から鎖骨までがあらわになっている。片手で器用に脱いでいくその姿は野性的で雄の色香に溢れていた。

支配的な肉食獣の目が瑠衣子に向けられた。

逃げることは許さないという、絶対的な捕食者の視線が瑠衣子の全身に注がれた。

その途端、くすぶっていた官能の熾火は鎮まり、身体が竦んで動かなくなる。その間も、彼はプチ、プチと自身のシャツのボタンを外していき、脱いだそれを広いベッドの端に放り投げる。

均整の取れた身体が目前に晒される。初対面のときは嬉々として自分から彼に触れていたのに、今は逃げ出したくてたまらない。

「……ッ」

先ほどのキスで散々お互いの唾液を交換し合ったというのに、緊張から喉の渇きを覚えていた。

「瑠衣子」

ぴくんと小さく肩が震えた。

静はゆっくりと彼女に覆いかぶさり、ブラウスの襟に人差し指をそっと差し込んだ。そのままするりと首筋をなぞる。頸動脈をなぞるような動きは、本能的に捕食者の立場を教え込んでいるのか、もしくは脈拍を感じ取っているのか。

瑠衣子の緊張を指先から感じ取ったらしい。「怖いのか？」と問いかけられた。

「怯えた眼差しも悪くない。これはお仕置きだからな」

「……お仕置き？」

「そうだ。男心を弄んだのだからお仕置きが必要だろう？　俺は仕事以外ではずっと君のことを考えている。どうしたらもっと二人の距離を縮められるのかと。君に断られるのも楽しくはあったが、さすがに合コンに行くのを見逃せるほど寛容ではない」

口元に浮かんだ笑みはそのままで、正面から怒りをぶつけられるのが恐ろしい。まだ三十代前半なのに彼が身に着けている貫禄は、人の上に立つ者として帝王学を学んできた人間のものだ。肌で伝わる怒気がすさまじい。

その笑みが歪められる。一つ、二つと瑠衣子のブラウスのボタンが外されていき、胸の膨らみがひやりとした空気に晒された。

日焼け知らずの白い肌を静が目にするのはこれが初めてだ。熱い視線がその肌を焼き、焦がそうとする。

「うまそうな肌だな……痕をつけたくなる」

「や……っ、なに、す……んっ！」

チリッとした痛みが走った。強く吸い付かれたのは心臓の真上。先ほどから狙いを定めたように急所を刺激してくる。まるでどちらが強者なのか知らしめているかのようだ。

濡れた唇の感触が生々しい。ひとつめの華が鮮やかに咲くと、肌の上をすべるように唇をずらし、胸の膨らみにまで同じ所有の印を刻み始めた。

「あっ……！」

恋人でもない、心を許したわけでもない相手に所有印をつけられる自分がひどく滑稽に思えてくる。男の身勝手な独占欲は、過去に植え付けられた傷を鈍く抉ってくる。

——男なんて所詮身勝手な生き物なんだわ。

無力で無抵抗にならざるを得なかったあの頃と今の自分は、何も変わっていないのではないか。強くなったと思っていたのも勘違いだったのかもしれない。

小さなボタンはそのまま最後まで外されて、下着も腹部もあらわになった。ひざ丈のタイトスカートがかろうじて下腹から下を隠している。

決して荒々しくはない手つきで、スカートのファスナーも下げられた。プツンとホックが外され、ウエストの締め付けから解放された。

「この間とは逆だ。今度は俺が君に触れるが、君は俺に触れてはいけない」

この行為に納得したわけではない。けれど、あの日自分が一方的に彼を翻弄《ほんろう》したのは事実だ。これでおあいこになるなら、抵抗して逃げるよりも楽なのではないか。

――……これで気が済むなら好きにしたらいい。手に入れてしまえば飽きるでしょう。

「……いいわ。でも、これでおあいこよ」

合意を得た直後、唇を塞がれる。だがこちらは応える気はない。

他の女性に欲情できなくなった責任を問われても、瑠衣子はこれ以上彼と関わる気はなかった。

諦めにも似た境地が心の中に広がっていく。抵抗をなくした肌を、無遠慮な舌にざらりと舐められる。

いつの間にかブラのホックが外され、肉厚な舌に胸の頂を舐め上げられた。すでにぷっくりと存在を主張しているのは、散々官能を刺激された結果だ。服の上からも刺激をされたのだから仕方がないと思いたい。

脇に流れた肉を中心に寄せるように手のひらに包み込まれる。

人差し指と中指の間に胸の先端を挟み込んだ状態で刺激を繰り返し、彼は胸の柔らかさを堪能しているようだ。

特別大きくもない脂肪の塊を弄って何が楽しいのかわからない。冷静に分析しつつ、意地でも嬌声をあげないように唇はきゅっと真一文字に引き結ぶ。

「声、我慢するのは許してないぞ」

反対の胸を口に含み、赤く色づいている蕾《つぼみ》を舌で嬲《なぶ》ってくる。瑠衣子が声を我慢しているのを咎めるように、赤い実をカリッと甘噛みされた。

「ッ……！」

「……またキスでこじ開けられたいのか？」

ちゅうっとその実を吸ったまま低く問いかけられた。吐息も声も直に肌に伝わってくる。くすぐったさとは別の何かが胸の奥を刺激し、ぞくりとした震えが身体に走る。甘く痺れるような疼きには気づきたくない。

「ふ、ぅ……ッ」

胸の下の膨らみもカーブに沿ってゆっくりと舌先でなぞられて、彼のマニアックな性癖が垣間見えた。

世の中には小さめのビキニからはみ出した下半分の胸にそそられる男性もいるらしい。もしや下乳フェチなのでは……としょうもないことを考えて、意識を分散させてみた。だが、触れられる熱に身体は反応してしまう。頭と身体が別々になってしまったように、思

うように働かない。

唾液で濡れた肌も、静がこれから何をしようとしているのかも、身動きが取れない状態では確認しづらい。

臍の窪《くぼ》みに舌先を差し込まれ、その周辺も丹念《たんねん》に舐められる。そんなところを今まで舐められた経験はなく、ムズムズとした疼きが次第に快楽に変わりつつあった。

「んっ……！」

「くすぐったそうだな。ああ、これも邪魔だ。脱がすぞ」

「あ、待って、きゃ……！」

タイトスカートが一気にずり下ろされた。腰に手を添えられて、シーツと身体のわずかな隙間をスカートが滑り落ちる。太ももの半ばから足先まで、流れる動作で下半身をあらわにされた。

上半身はブラウスのボタンをすべて外されて、はだけられた状態でブラがデコルテ付近までめくりあげられている。飾り気がほとんどない機能性重視のそれは、某有名ブランドのお手頃価格のものだ。アウターに響かずワイヤーが痛くないということだけを考えて選んだため、見た目はとてもシンプルな黒いブラ。

同じブランドの黒いショーツが肌色のストッキングに透けて見えている。かろうじて色が同色だがセットものではない。一流ブランドの高級品しか身に着けないような男の前で晒せるものではないのだが、静は特に女性の下着にこだわりは持っていないようだ。

中途半端に服を身に着けたままの瑠衣子を眺め、「黒い下着と白い肌のコントラストがエロいな」などとのたまってきた。

「飾り気がないものも瑠衣子らしくはあるが、もう少し透け感がある方が目には楽しい」

——そんなの知るか……！

誰かの目を楽しませるために下着を選んでいるわけではない。瑠衣子は罵《のの》りたい気持ちをぐっと堪えた。

翻弄されてはダメだ。たとえ身体が快楽を拾い集めてきても、それは瑠衣子の本心ではないのだ。静のペースに流されて喘がされたって、心から望んでいるわけではない。

「……早く終わらせて」

抑揚なく小さく呟いた声を、静はしっかりと聞き取ったらしい。愉悦の滲んでいた表情に陰りが生まれる。

わずかに眉を動かして訝しんだ後、彼の顔に冷笑が浮かんだ。

「へえ……？」

目が笑っていないというのはこういうことを言うのだろう。口元が笑みを作っていても瞳には確かな苛立ちを宿している。

瑠衣子を部屋に連れ込んだときの不機嫌さに逆戻りだ。気まずい雰囲気にもなるが、瑠衣子に彼を楽しませる義理はない。

「義務で抱かれてやるという顔だな。俺がすぐに飽きると思っているんだろうが、それは考え違いだ。俺は一度手に入れた君を手放すつもりはない」

「人の気持ちなんて簡単に変わるものよ」

好きだったものが嫌いになるし、その逆もある。変わらない想いがあるなら、人は別れを経験しない。

「それなら君に関しては変わらないと、時間をかけて証明してやる」

「遠慮するわ」

「遠慮は受け付けない。俺と会ったのは運命だから受け入れろ」

呆れるほど傲慢な男だ。生まれながらの御曹司は、すべてを手に入れて当然だと信じている。

瑠衣子が鬱屈《うっくつ》とした感情を抱えていても気にしない。静はすべてを呑み込もうとしてくるのだ。胸中に溶けない氷を抱えていても、溶かさず丸呑みにして砕こうとする。根本的な問題が解決していなくても、彼には無関係なのだから。

瑠衣子はいつの間にか敬語を使うことをやめていた。もはや上司と部下ではなく、男と女の関係だからだ。まっすぐに視線を注いでくる男を見上げて呟く。

「……運命だなんてロマンティストね。私みたいな女を選ぶなんて物好きだわ」

「謙遜は過ぎれば卑屈に見えるぞ」

「正直な感想よ。こんな面倒くさい女を口説こうだなんて」

「簡単に手に入らないものの方が燃えるだろう？」

「身体は受け入れても心までは無理よ」

「試してみないとわからない。いい加減、素直に感じてろ」

ストッキングの中に手を差し込み、爪でひっかけないように脱がされる。無遠慮に破かれるのではと思っていたが、予想に反してその手つきは優しかった。

太ももに押しつけられている熱は徐々に硬度を増していく。スラックスが窮屈そうで、見ている側も無視できない存在感を放っていた。

彼と再会したあの日、自分よりも何倍も美しく女性らしい身体で迫られても無反応だったのに、こうして目の前で彼の男性器が正常な機能を果たしているのを見ると、頭が痛い。

瑠衣子は静に触らない。出会った日と立場が逆なのだから、触れる権限はない。口は塞がれていないので、口で奉仕させることは可能なのだが一向にその気配はなく、静は瑠衣子の肌を堪能し、官能を高めようとしている。

「強情だな。何も考えずに流されればいいものを」

脱がされたストッキングはスカートの近くに放り投げられ、下半身は締め付け感の少ないショーツ一枚になった。

クロッチ部分をずらせばすぐに中心部があらわになる。

「身体はちゃんと感じている」

「……んっ」

人差し指で割れ目をこすられた。ぬめりを帯びた水音がくちゅっと響き、耳を塞ぎたくなる。黒地のショーツならわかりにくいだろうが、それでも一部だけ色が濃くなっているだろう。

手際よく最後の砦を脱がされる。それを片手でストッキングと同じ方向へ放り投げた静は、瑠衣子の両膝を立たせた。

「……っ！」

こんなふうに見られることには慣れていない。シャワーも浴びずにこんな行為をすることだって、瑠衣子にとっては十分に非日常だった。

彼の視線が熱い。羞恥心がじわじわとせりあがってくる。

カチャカチャとベルトのバックルが外れる音がし、目を向けると、静がスラックスを脱ぎ去ったところだった。

ボクサーパンツの中心部が張りつめているのが見て取れる。少しずらせば、すぐに彼の屹立が姿を現すことだろう。

羞恥心を微塵も感じさせない慣れた動きで静は下着を脱いだ。予想通り、彼の雄が臍近くまで猛々しくそそり立っている。

すでに一度見たことがあるはずなのに、グロテスクで立派すぎる欲望の象徴に怯む。出会ったあの日よりもさらに大きく感じるのは気のせいだろうか。

引きつりそうになる頬に力を入れて平静を装う。が、たぶんできていない。

「どうした？　あの日、散々好き放題しただろ、これを。今更恥ずかしがることはない」

透明な液体がにじみ出ている先端が瑠衣子の太ももにこすりつけられる。ぬめりを帯びた熱の杭がその存在を感じさせるように動き、ねっとりと肌を嬲った。

高揚感を得るどころか、瑠衣子の思考は真っ白に染まった。浮かび上がるのは拒絶の一言。

――……無理。

絶対に入らない。入る気がしない。

サーッと顔が青ざめていく。

静は予想だにしていないだろうが、瑠衣子の恋愛偏差値は低く男性経験は無いに等しい。

女性に奉仕させることが好きだった元カレは、自分が気持ちよくなれれば挿入しなくても満足する男だった。恐らく別の彼女と楽しい時間を過ごせていたから、瑠衣子には奉仕をさせるだけでよかったのだ。思い出すだけで最低すぎるが、瑠衣子も最後まではしたくなかったからよかったのかもしれない。

瑠衣子が今まで付き合った男性の数は二人。二十歳のときに付き合った彼氏に初めてを捧げた一度きりしか、男性と最後まで身体を重ねていない。

つまり処女ではないが、ロストヴァージン以降の経験がない。いわゆるセカンドヴァージン状態だ。

十分な受け入れ準備ができていない状態で静の男根を見せつけられたら、疼くよりも恐怖で怯んでしまう。多少は愛液を零していた蜜壺も、今は乾いているはず。

しかしあからさまに怯えを見せるのも、今まで散々強気な態度をとってきた瑠衣子にはできなくて、口は平気で本心を隠す。

「……余裕がなさそうね」

「そうだな、だから拒絶はなしだ」

噛みつくようなキスが再開され、声を封じられる。冷めていた熱を呼び戻すような、執拗なキスに翻弄されて、瑠衣子は流されるまま大人しくするほかない。

「んっ……ふ、……ンァッ」

口が離された瞬間、はぁと漏れる自分の吐息が甘ったるい。そんな声を出してしまうなんて本意ではない。

気だるげな不機嫌さを醸し出した瑠衣子を見て、静は薄っすらと微笑んだ。

「その顔はそそられるな。上気した頬も薄く開いた口も濡れた視線も、すべてが無意識なら性質が悪い。君はどこまでも俺を狂わせたいらしい」

――……知らないわよ。

言い返す気力がないほど、激しいキスでくたくたに疲れていた。身体の自由がきかないまま、これから好きにされてしまうというのは恐怖でしかなくて、手足の先から熱が失われていく。

快楽に身を委ねるわけではない。嫌悪を感じないのが唯一の救いだが、相手に力で屈服させられるのはプライドの高い瑠衣子には屈辱でもあった。

視線を逸らした瞬間、胸の先端をキュッとつままれる。

「……ッ！」

すりつぶすような絶妙な力加減で官能を煽られて、わずかながら腰が跳ねた。眉根を寄せて息を止める姿を面白そうに眺めながら、静は瑠衣子の隠された本音を暴こうとする。

「うまそうだな」

吐息が胸に触れ、そのまま生温かい粘膜に覆われた。ざらりとした舌で再び胸の頂を舐められては吸い付かれ、舌先で飴玉を転がすように嬲られる。

一際強く吸い付かれ、瑠衣子の口から思わず嬌声が漏れた。

「ふぁ……っ！」

「いい声だ。もっと聞かせろ」

赤く熟れた小さな実は彼の目にいやらしく映っているに違いない。

粘着質な音が響く中、唾液で濡れてしまった己の胸を直視することなどできず、瑠衣子は淫靡な空気が充満するベッドの上で大人しく耐えた。

チリッとした小さな痛みがアンダーバストのあたりに走り、腹部とは別に痕をつけられたことを悟る。このまま身体中に鬱血痕を残されたらたまらない。

「待って、もう痕はダメ……」

「却下」

今更だろうとでも言いたげな冷ややかな声音で一蹴した静は、その直後に瑠衣子の脇腹に噛みついた。

「ンアアッ！」

甘噛みだったが歯形がついたかもしれない。獰猛な肉食動物を彷彿とさせる。

そのまま硬い手のひらが太ももをいやらしく撫《な》で上げる。下から上へ、円を描くように脚のラインを確かめては、内腿の方へと手を這わせた。

「ヤ、ぁっ」

肌が薄く敏感な内腿に手を差し込まれ、グイッと片脚を持ち上げられる。

「嫌がらないいんじゃなかったのか。おあいこなんだろ？」

「っ！」

意地悪く嗤う男は雄の色香に溢れていて、瑠衣子の秘められた女の性を刺激する。快楽を揺さぶるように、太もものきわどいところに口づけを落とされた。

そのまま舌の先端でスーッと身体の中心部にほど近いところまで舐められて、むず痒さを感じてしまう。

彼は、瑠衣子の肌を堪能しながら確実に感度を上げていこうとしている。そんなことをせずとも、さっさと終わらせてくれたらいいのに、瑠衣子が恥じ入る姿をすべて見たいらしい。

不本意ながらも身体は確実に快楽を拾い上げていく。身体の奥からまた愛液が少しずつ分泌されていった。

——違う、気持ちいいからじゃない。

濡れるのは身体の防衛本能が働いているからで、決して静を受け入れたいと思っているからではない……と信じ込もうとしていた。

潤ってはいるが挿入するにはまだ到底足りない。

けれどこれ以上は羞恥で死んでしまいそうだ。呼吸を整えながら、瑠衣子は訴えかけた。

「も、いいから早く挿《い》れて」

「ダメだ。まだ全然濡れていない」

秘所に指を這わせた静が、蜜口に一本挿入した。ピリッとした引きつるような感覚がある。彼の言うとおりまだ全然ほぐれていない証拠だ。

「舐めるぞ」

「え？」

宣言された通り、熱く肉厚な舌に敏感な花芽をざらりと舐め上げられる。同時に、指で膣の入り口を浅く引っかかれた。

「ひゃあ……！」

浅く抜き差しされては唾液で秘所を濡らされ、たっぷり潤わされる。時折花芽に強く吸い付かれ、軽く歯も当てられた。

「アア——ッ……！」

身体の熱が強制的に高められる。汗とともにとろりとした分泌液がどっと溢れ、静の口元を濡らした。

じゅるじゅると吸われているのが自分の愛液だなんて信じたくない。

心の伴わない身体の交わりなど望んでいるわけではないのに、ずくんと子宮が疼くのも、触れられる手に嫌悪感を覚えないのも、どういうわけなのかわからない。

——気持ち悪くないって、どういうことなの。

彼の手のひらの熱もキスも、好意を抱いていないはずなのに自然と受け入れてしまっている。

違う、そんなことはないと瑠衣子はきつく瞼を閉じた。決して静を好きになんかならない。だって権力者はたやすく自分を傷つけるから。

静の手が下腹に添えられて、ゆっくりと撫でられる。まるで子宮が彼を求めているのだという動きに流されたくなくて、瑠衣子は首を左右に振った。

「……狭いな。潤ってはいるが、二本も入りそうにない」

指を挿入しながら彼は訝しむ。

それもそうだ、別れた恋人がいたのだからそれなりに経験していると思われていてもおかしくはない。

しかし初体験を迎えてから八年ものブランクがあり、瑠衣子が異物を挿入したことは一度もなかった。

「ふ……っ、あ、はぁ……」

一本目の指が内壁をこすり中を広げていく。その感触が奇妙なぞわぞわとした感覚を生み、ぴくんと身体が震えた。

再び指を浅く挿入されながらゆっくりと内壁の収縮を緩ませていく。陰路から、くちくちという粘着音が響いて耳を犯す。

「ん、んっ……」

ずずっと指が奥まで押し入れられると同時に花芽をコリコリと刺激された。愛液の分泌が多くなり、指の根元までスムーズに抽挿が可能になった。

「もう一本増やすぞ」

わざわざ申告しなくていいのに。二本目の挿入を試される。

異物を排除するかのように奥がきつく締まる。無意識に拒んでいるようだ。

膣の入り口を指先でなぞられる。少し緊張が緩んだところでわずかな隙間に人差し指が差し込まれた。

「あ、ああ……っ、はぁ、ん……」

「……きついな。君の中が俺の指に食らいついてくる」

そんなことを言われたら、指の形まで感じ取ってしまいそうだ。意識を霧散させたいのに、あらぬところの違和感が強くてうまくいかない。

二本目が挿入されるとき、ピリッとした痛みと異物感がしたが、その後は柔軟に彼を受け入れていた。

二本の指を使って隘路を広げるように中が蠢く。そんな動きに翻弄されたくないのに、少しでも反応を見せたところをことごとく攻められたらたまらない。自分では制御のきかない声が漏れてしまう。

「ヤ、ア、アア……っ」

「ここか」

ふっと笑った彼の表情にはまだ余裕がありそうだった。瑠衣子が抗いながらも快楽に落ちる姿を楽しんでいる。

「ああ、こっちも触ってやらないとな」

ふいに胸の頂をキュッとつままれた。思わぬところに刺激が与えられ、腰がびくんと大きく跳ねた。

「アァッ！」

「瑠衣子の身体は素直だな」

くすくすと笑う男が憎らしい。

口では拒絶しながらも感じまくっているじゃないかと言いたげだ。

そうではないと反論したいが、違うと言い切れないのが悔しい。彼が満足し、さっさとこの情事が終われば奇妙な関係も清算できるのに、静は時間をかけてたっぷり楽しむつもりのようだ。

三本目の指が入れられると、かなりの圧迫感があり、眉をひそめてしまう。しかししばらくするとそれも薄れていった。

男性の骨ばった太い指を三本も呑み込めるほど、膣内が彼の愛撫に馴染んだのだろう。

ピリッと何かが破られる音が聞こえた。

朦朧とした意識でそれが避妊具の袋だと気づいたのは、瑠衣子の両脚が持ち上げられて、中心部に熱い杭があてがわれたときだった。

「瑠衣子……」

ぐぐっと腰が押し進められる。

彼の目が愛しいものを見つめているようにも見えて、心臓が大きく脈を打った。

だが今は、少しでも苦しみを吐き出す方に集中した。

「あ……、ンアアア……」

「っ……くそ、狭い……持っていかれる」

普段意識して使っていない股関節も悲鳴をあげそうだ。内臓が押し上げられる感覚は、思い出したくもない初体験以来で、身体と心が硬直する。

まだ先端が入っただけですでに苦しい。すべてが入りきる気がしない。

「瑠衣子、もう少し力を抜け」

「む、り……」

力の抜き方など知らない。自分の意思でリラックスできるものではない。

眉間に皺を寄せて呻く瑠衣子の苦しげな表情を見て、静は結合部分の上に存在するぷっくりとした突起に指を這わせた。

強めにぐりっと刺激されると、瑠衣子の身体からわずかに力が抜けていく。

「ああ——ッ」

花芽を弄られ軽く達したのを見計らったかのように、静の腰がズンッと一息に押し込められた。

「――……ッ！」

声にならない衝撃に襲われる。

最奥に到達した屹立は一ミリの隙間もないほどみっちりと瑠衣子の胎内に収められ、自分の中が彼の形に変わっていくのを感じる。

はあ、とようやく息が吸えたときに頭をよぎったのは、セカンドヴァージンを失ったという事実。

瑠衣子も納得した上で性行為を行っている。合意ではあったため奪われたとは思っていない。

少しだけ、処女膜が再生されていたら気まずい思いをするしどうしようかと思っていたが、出血した気配はなく破瓜《はか》のときのような痛みも感じられない。ただ胎内に埋まる異物感には慣れない。

深呼吸をして落ち着くと、冷静な思考が戻って来る。

彼に自分の恋愛経験の少なさを知られたくなかったから、最後まで彼を受け入れることができたのには安堵したが、身体はもう疲弊している。

両脚を抱え上げられて、ひっくり返ったカエルのような姿で串刺しにされているのは、冷静に考えるとかなり滑稽だろう。早く終わらせたい。

「瑠衣子、大丈夫か？」

目の前の男からにじみ出る色香が強烈で、精悍な顔立ちからは余裕が消えている。自分の身体に欲情していることが今更ながらに不思議でならない。キュッと寄せられた眉根と気難しい表情が凄絶に色っぽい。

「……っ、動くぞ」

彼は瑠衣子が小さく頷いたのを確認し、律動を開始した。

限界が近いのだろう。

パン、パンッ……と肉がぶつかる音がする。

次第にそれはリズミカルになり、粘着質な水音と相まって瑠衣子の耳に淫猥に響いた。

「ア、……ンア、アア……ッ」

呼吸が乱れて思考も掠れる。

非現実的な光景が瑠衣子の意識をぼんやりとしたものに変えていった。

貫かれる衝撃も淫らに響く音も、口から零れるお互いの吐息も、ベールの向こう側の出来事のよう。理性も思考も薄れ、考える気力が残っていない。

「中がうねって絡みついて、放さない……」

苦情にも似た声音だが、見つめてくる眼差しが熱くて甘い。

まるで、瑠衣子を焦がして溶かそうとしているみたいに激情をぶつけてくる。

「瑠衣子……っ」

自分の名を呼ぶ男の声が甘ったるい。けれど、そこに込められている感情を受け止める覚悟は瑠衣子にはない。

「ん、んっ……ああ」

目を閉じて、感覚も遮断し、揺さぶられるまま、喘ぐことだけを教えられた人形のように嬌声を漏らす。

自我を忘れるほどの気持ちよさは感じていない。意識は朦朧としているが、快楽を享受しているわけではないと言い聞かせていた。

ただ肉体的な苦痛が思っていた以上ではなくて、それが救いではあった。

「たまらない……。もっと乱れさせて、思う存分啼かせたい」

「ンゥ、アア――ッ」

花芽を刺激されて強制的に高みに昇らされた。

一瞬の浮遊感の後、身体から力が抜けて弛緩する。

ひくひくと収縮する膣は断続的に彼の剛直を締め付けた。予期せぬ反撃に遭い、静の口から声が漏れる。

「クッ……！」

静がぐっと腰を押しつける。その直後、薄い膜越しに彼の欲望を吐き出されたのを感じた。

荒い呼吸を繰り返しながら、瑠衣子は安堵の吐息を漏らす。

ようやく達してくれた。

これで終わりだ。あの一夜の過ちも清算される。

ぼんやりしていた瑠衣子の意識が現実に戻ってきた。

「くそッ……持っていかれた」

萎えた欲望がずるりと抜け出す感触が生々しい。

みっちり埋められていた熱が消えて、異物感がなくなるが、それを寂しいと感じるほど瑠衣子の心は静に奪われてはいなかった。

——よかった、これなら彼と冷静に話し合いができる。

安心感から、細く長い息を吐き出した。

手首の戒めがほどける。だが、いきなり瑠衣子の身体がぐいっと引き起こされた。

「ひゃっ……！」

中途半端に身に着けたままだった上半身の服に手がのびる。サッと顔から血の気が引いた。

「え、ちょっと待って！　もう終わりでしょ」

「誰が一度で満足すると言った？　まだ君は満足できていないだろう」

満足させるまでするつもりなのか。そんなこと、瑠衣子は望んでいないのに。どうやら彼は自分が思いのほか早く達してしまったのが許せないらしい。育ちのいい御曹司が、瑠衣子の前でガラ悪く舌打ちをした。

粗野な印象を与えるその表情も、整えられていた髪が乱れている姿も情事後の独特な色気がある。汗で濡れた前髪をかきあげる仕草は魅力的だ。

一瞬、目を引かれたのは事実だが、これ以上続けたら終わりが見えなくなる。帰宅できない可能性も高くなるし、嫌な予感しかしない。

「……、やめてっ」

「拒絶の言葉は言わないんじゃなかったのか」

首元をかぷりと甘噛みされ、ぬるりとした舌が肌を嬲り始めた。その生々しい唾液と舌の感触は情事の再開の合図だ。

瑠衣子の背筋にひやりとした汗が一筋垂れた。瑠衣子にはこれ以上肌を見せたくない理由があった。けれどこのままでは、かろうじて身にまとっているシャツもすべて剥ぎ取られるだろう。避けられない予感に瑠衣子は寒気を覚える。

「次はもっと感じさせてやる」

「もういい！　待って、ダメ……！」

背中は見ないで――。

そう言うよりも早く静の手により瑠衣子の身体は反転させられた。

衣服を剝ぎ取られた素肌が彼の目に晒される。隠したかったものが見られているということだ。

「――っ」

静が背後で息を吞む気配が伝わってきた。視線が背中のある一点に注がれているのが見なくてもわかる。

――ああ……だから嫌だったのに。

口に出すこともしたくない。何故ならそれは、消し去りたい過去の出来事を掘り起こすことになるからだ。

瑠衣子の背中には、刃物で斬りつけられた縫い傷がある。左の肩甲骨の下から十センチほどの。

幸い致命傷ではなかったが、縫い合わされた肌が元通りになることはなく、何かの事件に巻き込まれたというのは明白だった。傷を見られたくなくて、大浴場に行くことはおろか、友人同士で気兼ねなく温泉旅行に行くことも水着姿になることもできない。元カレとの性行為も服を着たままだった。

男に奉仕するくらい苦ではない。過去のトラウマを刺激されるより断然。

背中の傷に手を伸ばされる気配が伝わる。触れるか触れないかの熱を感じたが、すっと離れていった。きっと触ろうとしてやめたのだろう。ためらいを含んだ声音が背後から届く。

「何があったんだ」

硬質な声には、当事者でもないのに怒りが混ざっているようだった。

そんなことを聞いてどうするのだ。同情されたって過去は戻らないし、この男には関係ないことだ。

「……嫌って、言ったのに」

質問に答えることなく拒絶だけを示し、ゆっくりと身体を起こす。

背後にいる人物の顔を見ずに冷静な声を出したつもりだったのだが、その声は微かに震えていた。キュッと唇を引き結んで、手近にある下着から身に着けていく。

先ほど剝ぎ取られたブラウスを着ると、少しだけ呼吸が楽になった。下半身は丸出しでまったく安心できないのだが、広いベッドの上に散らばっていたショーツとスカートを目で探す。

「瑠衣子」

横から伸びた手が彼女の手首を摑んだ。

無理やり振り向かされたので、瑠衣子は鬱陶しそうな表情を作り、男の顔を見上げたが、その顔は予想通り険しいものだった。頬に触れてこようとする彼の手を、摑まれていない方の手でパシンッと弾く。

「もう私に触らないで。これでおあいこのはずでしょう。あの日のことは精算しました。今後、仕事以外で私はあなたに関わりません」

手早く残りの衣服を身に着け、脱いだストッキングを拾い、後ろを振り返らずに部屋を出て行く。「待て」と追いかけて来る彼の声を振り切り、瑠衣子は靴を拾ってエレベーターに乗り込んだ。

十人以上は乗れる広い箱の中で靴を履き、備えつけの鏡を覗き込む。夕方化粧直しをしたメイクは、どちらのものかもわからない汗で崩れていた。

「……これを拭こうとしていたのね」

彼が先ほど手を伸ばしてきた意味を知る。頬に流れた感触すら気づかなかった涙の跡。もう乾いてしまっていたけれど、自分が泣いた自覚もなかった。

手足の末端が冷えたまま戻らない。

久しぶりのセックスで股に違和感が残っている。その感覚も彼の匂いも声も、すべての痕跡が身体中に残っていて、無性に泣きたくなった。

「……最悪」

半分以上は自分自身に対してだ。

エレベーターが地上に下りるまでの間に人前に出られる顔にしておかないとまずいと気づき、手の指でパパッとファンデーションの崩れを押さえつける。タワーマンションのロビーにはコンシェルジュがいるのだ。別れを切り出されてみじめな姿で帰る女だと憐れまれたくはない。

泣きはらした顔ではないし、目の下が隈になってパンダ状態でもない。忘れずに持ってきたバッグの中から口紅を取り出し、ささっとひと塗りする。

エレベーターを降りてまっすぐコンシェルジュのもとへ行き、駅までの道順を尋ねた。もしお節介な上司が追いかけてきても、この人から駅に向かったことを聞かされれば安心はするだろう。

駅までは単純な道のりで徒歩五分であることを知り安堵した。さすがは高級マンション、立地条件も素晴らしい。

ぎりぎり終電に飛び乗り、自宅の最寄り駅に着いたのは深夜零時を過ぎていた。疲労困憊の状態だが背後には気をつけながら急ぎ足で駅から徒歩二分の場所にある自宅マンションへ向かう。しかし——。

マンションの前に人影を見つけ、瑠衣子の足はぴたりと止まった。

住人だとしても不自然だ。エントランス前にひっそりと佇んでいるのだから。

——まさかもう先回りされたとか？　住所は知らせてないはずだけど……。

そんな予想は、最悪な形で裏切られることになる。

「……ああ、ようやく帰ってきた。遅かったね、ルイちゃん」

一瞬で口内の水分が消え、喉がはりついた。空気を吸い込むこともままならない身体の変化。それは紛れもなく恐怖心から来ている。

「…………なん、で……」

――ああ、今日は厄日だ。

最も会いたくなかった男が、住所を知らないはずのマンション前で待ち伏せをしている。

身体が竦み、逃げることはおろか防犯ブザーを鳴らすこともできない。人は本当に驚いたときや恐怖を抱いたときには声なんてあげられないのだということをどこか冷静な頭で思い出していた。

悠然とした足取りで近づく男を見つめたまま、瑠衣子の足はその場に縫い付けられた。

街灯に照らされた目の前の男は記憶の中と同じ笑顔で、優しく瑠衣子に微笑みかけた。

◇◇◇

『ルイちゃん』

憧れだった男性に親しみのこもった呼び方で呼ばれることが嬉しくて、そのたびにくすぐったい気持ちにさせられた。

何も知らないままでいれば、恋心が恐怖に変わることも、相手が憎悪の対象になることもなかっただろう。

誰に対しても平等で、いつも穏やかに微笑んでいたひとつ年上の大学の先輩、桐生透《きりゅうとおる》。彼はもう二度と瑠衣子の前に現れないはずだった。そう誓約を交わしていたはずなのに……。

——どうして、先輩が私のマンションにいるの。

瑠衣子は大学を卒業してから二度引っ越しをしている。もちろん彼と少しでも関わりがあった人物には住所を教えていないし、連絡だって取っていない。

目の前の男は、八年前の出来事などなかったかのような笑顔で瑠衣子を待ち伏せしていた。その異常な執着に身の危険を感じ、ゾッと身の毛がよだつ。

「ああ、よかった。今夜は帰ってこないのかと思ったよ。女の子がこんな遅くまで出歩いていたら危ないよ？」

ゆっくりと近づいてくる男から目が離せない。

記憶の中の彼よりも身体つきがしっかりしていて、男性的になっていた。柔らかな微笑を向けられれば女性が思わず頬を染めるようなイケメンであることは変わりないが、以前より落ち着きと余裕が生まれている。

だが、瑠衣子にそんなふうに笑いかけられる神経がわからない。もう過ぎたことだと思っているのだろうか？

しかし瑠衣子の心と身体の傷にとっては、過去のこととして整理できるほどの時間は経過していない。本能的な恐怖が湧き上がり、身体が硬直して動かない。

「せ、んぱ……い、何故ここに」

視線を合わせたまま、なんとか一歩後ろに下がった。

駅からすぐの場所にある瑠衣子のマンションは、近くにコンビニもあれば飲み屋も多い。深夜でも人気がまったく消えることがないのが救いだ。彼も人の目があれば目立つことはしないだろう。

「ごめんね、寂しい思いをさせて。先日祖父が亡くなったから葬儀があって帰国してきたんだ。ようやく日本に帰ってこられたよ。これからずっと日本にいる予定だから、会えなかった日々を取り戻そう」

「――っ！」

とろりとした眼差しには、恋情に似た熱が宿っている。まるで愛しい女性に向けるような目で見つめられて、ぞわりとした震えが全身に走った。

喉が恐怖で塞がる。心の底から叫んだ声は、まったく音にならなかった。

「驚きすぎて声が出ない？　それとも感動しすぎたのかな。大丈夫、もうルイちゃんをひとりにさせないから。これからはずっと僕と一緒に過ごそう。今僕が持ってるマンションは限られているけれど、そこが気に入らなかったらルイちゃんの部屋に僕が引っ越すよ。ここのセキュリティはちゃんとしてるみたいだし、ルイちゃんが安全でよかった」

明らかに怯えている瑠衣子を、桐生が抱きしめてくる。艶やかな微笑には悪意や罪悪感など微塵も浮かんでいない。

ふわりと漂う香りが鼻の奥をツンと刺激した。何かの薬品と甘さの強いオーデコロンに、タバコのような苦さを混ぜたもの。

独特な臭いに触発されて、過去の記憶が蘇り、瑠衣子の胃が拒絶反応を示した。

急激に込み上げてくる吐き気と身体の震えは、自分自身でもコントロールがきかない。

この男の思考回路はどうなっているのだ。過去を都合よく改ざんし、未だに瑠衣子が自分の恋人だと思い込んでいる。

罪まで犯しておいて、どうして相手が自分を憎んでいないと思っているのだろう。

——怖い怖い怖い……！

とても立ってはいられない。うずくまってしまいたい。今度こそ警察に通報しなければ、またあのときと同じことが繰り返される。

しかしスマホはトートバッグの内ポケットの中に入っているし、抱きしめられている姿勢のままでは身動きが取れない。普段は自衛のためにスマホを手に持ち、いつでも防犯アプリを使えるようにしているのに肝心なときに使えないなら無意味だ。

一刻も早くこの男から離れたい。

だが瑠衣子の身体の震えが緊張と感動からくるものだと思い込んでいる桐生は、より一層瑠衣子を強く抱きしめてきた。

背中を擦る手の動きも吐き気を助長させる行為だと気づいていない。何も知らない女性が聞けばうっとりとするであろう甘い美声で、瑠衣子を恐怖に陥れる。

「さあ、早く部屋に行って離れていた分の愛を確かめよう」

「ひっ……！」

瑠衣子の手首を掴み、我が物顔でマンションの正面玄関に向かおうとする桐生に、必死に抵抗する。

「……や、いや、いやっ……！」

動かない足を踏ん張り、手首を引き抜こうと抗う。

「ルイちゃん？」

桐生が怪訝そうに振り返った直後。第三者の声が乱入した。

「待て、彼女を放せっ」

車のドアを乱暴に閉めて、男が駆け寄って来る。

――専務……。

遠くからでもわかるほど、彼は怒気をあらわにしていた。スーツ姿だがネクタイはつけていない。あの後すぐに車で追いかけてくれたらしい。

彼の家から飛び出したのは自分なのに、〝この〟瞬間感じたのは安堵だった。静の姿を見て、どうしようもない恐怖が和らぐ。まだ手首は桐生に握られたままだが、極度の緊張と吐き気は幾分かマシになっていった。

まばらにいる通行人が不思議そうにこちらを窺っている。三角関係の修羅場だと思われていそうだが、他人の目があることを思い出して少しだけ気持ちに余裕が戻った。

「君は――」

静の登場にすっと桐生の目が据わる。口元には柔和な笑みを浮かべたままだが、眼差しは険しく冷たい。

「どこかで会ったことが……いや、そんなことはどうでもいいな。ずいぶんと偉そうだけど、僕に命令しているの？」

「そうだ、お前に言っている。嫌がっているだろう、彼女を放せ」

静はそう言って、瑠衣子と桐生から数歩離れた場所で立ち止まった。

桐生は蒼白な顔の瑠衣子を見下ろし、手首を解放した。そして、「ルイちゃんが選んでいいよ」と言い、意外にもあっさりと瑠衣子に判断を委ねてくる。

「瑠衣子」

静が手を差し出す。こっちへ来いと言っているのが伝わった。

迷う余地などあるはずもなく、瑠衣子は本能のまま一歩、二歩と歩き、震える手を静に伸ばした。

そのまま身体ごと腕の中に閉じ込められる。それは桐生から感じたものとは真逆の、安らぎを与えてくれるものだった。

静は瑠衣子を守るように抱き込んで、桐生を威嚇《いかく》する。

「人の女に触るな」

ぞくっとするほど冷たく怒気を孕んだ声に、瑠衣子の肩がぴくりと震えた。

そんな彼女をなだめるかのように、今にも崩れ落ちそうな身体を静がさらに強く抱きしめる。

沈黙が落ちた。ふっと笑顔の消えた桐生が無機質な声を出す。

「そう。じゃあまたね」

わずかに視界の端に映った彼は、マネキンのような表情で人間味がなかった。

桐生の考えがまったくわからず恐怖と不安が湧き上がる。

彼の姿が視界から完全に消えるまで、瑠衣子は静の腕の中でじっと抱きしめられるままでいた。

「行ったか。瑠衣子、大丈夫か？」

まったく大丈夫ではない。

でも静が来てくれたことで落ち着きを取り戻しつつあった。

「部屋まで送ろう」

答えられる状態ではないと判断したのだろう。静が提案してくれたことはありがたかったが、とある可能性に気づき瑠衣子は首を横に振る。

「嫌、ダメ、帰れない」

「帰れない？　どうした、鍵をなくしたのか？」

そうではないと尚も首を左右に振る。物理的に入れないのではなく、今の精神状態のままあの部屋に入るのは怖いのだ。だって何が仕掛けられているかわからないから。

「怖くて、帰れない――」

隠された意味を察したのだろう。静の眉間にはくっきりとした皺が寄る。だがその表情とは裏腹に、彼は瑠衣子を安堵させるように、ゆっくりとした声で優しく問いかけた。

「わかった。それなら俺の部屋に戻って来るか？　どうしても嫌だったら今からホテルを予約……」

瑠衣子はキュッと静のジャケットの袖を握った。

都合がいい女で嫌になる。でもひとりになるのはもっと嫌だった。

「……ごめんなさい」

先ほど自分から逃げ出した彼の部屋に戻りたいなどと口に出して言えないけれど、静はそんな彼女の気持ちを正確にくみ取ってくれたらしい。肩を抱いて方向転換する。

「すぐそこに車を停めてある。歩けるか？」

怖くて足が竦んでいたが、多少もつれながらも車までの距離を歩き切った。「無理だったら抱き上げるから遠慮するな」と言われたが、それを素直にお願いするには羞恥心が邪魔をした。

助手席までエスコートされ、シートベルトを締められる。

「自分で……」

「大丈夫だ。君は俺に甘えてろ」

「っ！」

――どうしてそんなふうに優しくしてくれるんだろう。

わざわざ追いかけてきて面倒ごとに首を突っ込んで、迷惑をかけられているのに怒るでもなく受け入れてくれる。

異性に甘えるなんてわからない、したことがない。だって甘えて信頼を向けた相手に裏切られたら辛いから。

――でも、お礼を言わないと。

お礼をきちんと告げて、逃げずに彼と向き合わなければ。

だが、心地いい車のシートと一定のリズムを刻む振動に誘われるように、瑠衣子の意識が途切れていく。

「寝てていいぞ。面倒ごとは起きてから考えればいい」

心地いい声がすんなりと脳に浸透していく。優しい声に導かれながら、彼女は意識を手放した。

# 四章

桐生透という人間は、瑠衣子が大学に入学したときには学内で知らない人はいないというほどの有名人だった。

父親は代議士で、代々政治家を輩出する有名な一家の長男。

端整で優しそうな顔立ちに面倒見のいい人柄の彼は男女ともに好かれていた。

そんな彼に憧れを抱く人間は多く、周りには常に人が集まっていた。

大学一年の頃の瑠衣子には、秀才でイケメンなセレブの桐生とはまるで接点がなく、積極的に関わるつもりもなかった。

だが大学二年の頃。アルバイト先の喫茶店に桐生が通うようになってから少しずつ交流するようになっていた。

初めは普通に接客をしていただけだったのが、友人に誘われたサークルに入ったらそこに桐生も所属しており、急速に距離が近づいた。

『居心地がいい静かな喫茶店ってなかなかないから、あまり友達に教えたくないんだ』

はにかんだ笑顔でごめんねと謝った彼に、瑠衣子は『とんでもないです。いつもご来店ありがとうございます』とお礼を告げたのを覚えている。瑠衣子自身も静かな喫茶店の雰囲気が好きなので、ひとりでゆっくり過ごせる場所を教えたくない気持ちはわかるのだ。

それに、桐生は毎日のように来店し、売り上げに貢献してくれる常連客だったので文句はない。クラシックミュージックの流れる隠れ家風の喫茶店は、マスターの道楽で始めたもので、常連客に居心地のいい空間とおいしいコーヒーが提供できればいいのだというのがマスターの口癖でもあった。

瑠衣子のシフトを把握していた桐生とは少しずつ会話が増えていった。彼の柔和な笑顔と話しやすい人柄に惹かれるまでそう時間はかからなかった。

だが、冬になり、日暮れがぐっと早まった頃。帰宅途中にふと背後から聞こえる足音に恐怖を覚えるようになっていた。

喫茶店の閉店時間は夜の九時だが、片づけなどを含めると帰宅は十時頃になる。一人暮らしをしていた瑠衣子は、大学から徒歩二十分のアパートに住んでいた。喫茶店からは約十五分の距離で、商店街のアーケードを突っ切って帰っている。

いつの頃からか、背後から不審な足音が聞こえるようになっていた。最初は気のせいだと思っていたのだが、それがほぼ毎日繰り返されると警戒心が湧く。同じ速度で一定距離を保ってついてくる背後の人物を確認できたことはないが、誰かが後ろをつけているのは気のせいではない。

――まさか、ストーカー？

露出度の高い服を好んでいるわけでもなく、華やかな容姿でもない自分がそんな目に遭うなど思ってもみなかった。オシャレな服装にブランドのバッグを持ちながらキャンパスを歩く同級生とは違い、その頃の瑠衣子はカジュアルなジーンズ姿が多かったし、化粧もせいぜい眉毛を整えて色つきリップを塗るくらい。女子高生に間違われることもあり、大人びてはいなかった。

後をつけられる以外に何かをされたことはなかったのだが、クリスマスが目前になった頃、何者かから毎日手紙が届くようになった。

消印はなく、瑠衣子の住むアパートのポストに直接投函されたことがわかる。送り主の名前はないのに、瑠衣子の名前は相手に伝わっていた。

クリスマスの一週間前から毎日届く手紙の内容は、クリスマスが近づくにつれ次第にエスカレートしていった。

『今日も一日お疲れさまです』

『あなたをいつも見守っています』

『そのかわいい笑顔で誰を誘惑するつもりですか？』

『あなたの笑顔を独り占めできたらいいのに』

『クリスマスには二人でケーキを食べましょう。あなたが好きなケーキ屋さんで予約しておきます』

クリスマスケーキのチラシが同封されていた。そのケーキ屋は確かに瑠衣子の好きな店だが、友人と二回ほどしか行っていない。その友人は高校時代からの親友で、決してこんな悪ふざけをする人ではないし、そこのケーキが好きだと他の人に言ったことはない。そもそも瑠衣子の交友関係はあまり広くはなかった。

イブの前日には、瑠衣子が帰宅する時間を見計らったかのように宅配便が届いた。恐る恐る受け取り、中を開くと、真っ赤な薔薇が一輪と、純白のレースがふんだんに使われた下着のセットが入っていた。恐ろしいことにサイズは普段瑠衣子が身に着けているものと同じだった。

『……っ!!』

——気持ち悪い！

すぐさま警察へ相談に行ったが、見回りを強化するという返事しかもらえなかった。今まで受け取った手紙も、本当は捨てたいけれど証拠として保管していた。

心配をかけるのが嫌で、親友にも家族にも相談できなかった。

特に、家族は仕事の関係で海外にいた。

大学への進学が決まっていた瑠衣子だけが日本に残っているのだが、心配をかけたら父だけを単身赴任させて母と弟は日本に帰って来てしまうかもしれない。そんな迷惑はかけたくなかった。

こんなのは悪戯だ、すぐにストーカーも飽きるはず。そう思いつつもクリスマスを迎えるのが怖い。

そのときふと、室内干しにしていた下着がなくなっている気がして、クローゼットの中のチェストの引き出しを開けた。そこには下着がぎっしりと詰まっている。

正確な枚数は覚えていないが、干していたもの以外にもお気に入りだったものが上下ともに一枚足りない。

『待って……、まさか下着泥棒まで？』

気のせいであればいい。だが自分が留守の間にこの部屋に誰かが侵入していた可能性に気づき、瑠衣子の顔から血の気が引いた。

１Ｋの狭い部屋には極力物を置きたくなくて、できる限り収納には工夫している。家具はベッドとテーブルと本棚ぐらいしか置いていなかった。もしクローゼットの中のチェストから下着を盗んでいったとしたら、すでに室内はすべて物色された後だということになる。

眠れない夜を過ごした翌朝のクリスマスイブ。ポストの中にはサンタクロースの顔が描かれた封筒が一枚入っていた。

『きゃあ！』

そこから出てきたのは三つの避妊具。ひとつだけでもおぞましいのに三つなど、どういうつもりかと聞くまでもない。いつも入っている手紙はなく、物だけで意思表示をしてきた相手が心底気持ち悪い。

喫茶店のマスターに相談しよう。これまで誰にも相談できずにいたが、もう限界だった。大学にも相談室があったかもしれない。

冬空の下を走っていると、偶然にも大学の研究室に向かう桐生の姿を見つけた。

『っ、先輩……！』

『ルイちゃん？　どうしたのそんなに焦って……』

見知った顔に出会えた安堵で、勢いのまま桐生に抱き着いた瑠衣子は、そのまま彼の前でぼろぼろと涙を零した。嗚咽が邪魔をして言葉が出ない。

『落ち着いて、何があったの？』

優しいテノールの声が余計に涙を誘う。子どものように泣き出した瑠衣子を桐生はそっと抱きしめて慰めた。

開店前の喫茶店で事情を説明した後、桐生が提案したことはとても魅力的なものだった。

『うちのマンションに空室があるから、そこに引っ越しておいで。今のところはオートロックのないアパートなんでしょう？　セキュリティがしっかりしているから不審者は入れないし、駅も大学も徒歩圏内で今よりも通いやすくなるよ』

桐生家の所有するマンションの一室に桐生自身も暮らしているが、そこに空き部屋があるから引っ越してきていいというありがたい話だった。家賃は今瑠衣子が支払っているのと同じ額で、敷金礼金はなし。引っ越し代はかかるが、元々持ち物が多い方ではないため今まで貯めてきたアルバイト代で賄《まかな》える。

破格の条件で引っ越しを提案された瑠衣子は、桐生の厚意に甘えることにした。

この出来事から二人の距離はぐっと縮まり、その年の大晦日に桐生から告白されて交際がスタートした。

ストーカーの気配はぴたりとなくなり、その代わり素敵な彼氏ができたことで気分は上昇。怖くて気持ち悪かったけれど、桐生が守ってくれると言ってくれただけで安心感に包まれた。

同じマンションで半同棲生活が始まり、交際を開始してから三か月余り。初めての彼氏に対する緊張が解けるまで、桐生は瑠衣子のペースに合わせてくれていた。

それまでも夜を一緒に過ごすことはあったけれど、瑠衣子の心の準備ができるまで彼は手を出さずにいてくれたのだ。大切に想われているのだと感じられて嬉しかった。

だがようやく迎えた初体験は、トキメキや幸せではなく、瑠衣子の心に消えない傷を刻み込んだ。

桐生はどこまでも優しくお姫様扱いをしてくれたし、素肌で感じる温もりは気恥ずかしくもあったが心地よいものだったのに——、自分でもわからない奇妙な違和感が消えてくれなかった。

初めての痛みをこらえながら彼を受け入れたまではよかった。ひとつになれた喜びを知り、大人にまた一歩近づけた気がした。だがその後、彼の放った何気ない言葉が瑠衣子を一瞬で現実に戻した。

挿入後の痛みが薄れるまでじっとしていたとき、汗で頬にはりついた瑠衣子の髪を桐生がそっと耳にかけた。ピアスをつけていないのを見て、彼が言った。

『ピアスは見つかった?』

『え……?』

じくじくとした痛みに意識を奪われていたが、耳元で優しく問いかけられた声が脳に届いた瞬間——心にはっきりと疑念が生まれた。

確かに、瑠衣子は親友が誕生日にプレゼントしてくれたピアスを失くしていた。けれど何故それを桐生が知っているのか。

『なんで知って……?』

『なんでって、昨晩ルイちゃんが言ってたじゃない』

彼の言う通り、昨晩は親友と自室でその話をしていた。だがそれは電話で話していたことで、そこに桐生はいなかった。

つまり彼は知るはずのない話を把握している。

今までも会話の最中、時折、あれ？　と思うことはあったが、気のせいだろうと自己完結させていた。けれど、その〝気のせい〟が、気のせいではなかったら――。

ぞくっとした震えが背筋に走った。反射的に膣内の桐生の雄を締め付けてしまい、苦しげに彼が喘ぐ。

『は、ぁ……、もう、そろそろ大丈夫？』

『え……、ああっ……！』

ズンッと奥を穿たれながら瑠衣子は半ば確信を抱き、声をあげた。

『なんで、ピアス……んっ、せんぱい、知らな……ッ』

『ん？　ルイちゃんのことなら何でも知ってるよ。ルイちゃんの話すことは余さず聞いてるんだから』

『聞いて、る……？』

壁が薄いなどという物理的な問題ではない。桐生と瑠衣子は同じマンション内に住んでいるが、フロアが違うのだ。

もしかして……。

悪びれる様子もなく、桐生がうっとりと微笑みながら答えた。

『好きな人のすべてを知りたいと思うのは当然でしょう？』

『――ッ！』

それが、歪で異常な感情であると、彼はどこまでわかっているのだろう。

大好きだったはずのいつもの微笑がほの暗い笑みに見え始める。その瞳の奥に狂気めいた執着が宿っていることに気がついた。

――先輩は全部聞いている。全部知っている。どこまで？　ううん、きっと知らないことのほうが少ないんだ。

その瞬間確信した。この部屋にはきっと盗聴器と、盗撮カメラが仕掛けられている。お互いの部屋を行き来していたのだから、仕掛ける機会などいくらでもあった。

いくら好きな人でも恋人のプライバシーを許可なく覗く行為は許せない。それを犯罪だと思っていない口ぶりに、一瞬で嫌悪感がわいた。

『や……いた、い』

痛い痛い痛い――。

心の拒絶がそのまま身体に伝わり、潤っていた膣内が乾く。彼を受け入れている中がこすれ、痛みだけが増していく。

気持ちよさなんて感じない、快楽なんて得られない。あるのは苦痛だけで、痛みが心の奥までも抉ってくる。

ガッガッと律動を繰り返されて、痛みと生理的な涙が流れた。その姿を桐生は恍惚とした表情で見つめ、うっとりとした声で囁く。

『ああ、君の泣き顔に欲情する』

『――ッ!!』

――イヤ!

激しい拒絶の声は桐生の口に呑まれてしまった。

どちらか一方の気持ちが伴わない行為は暴力であり凌辱だ。

ボロボロと涙を流す瑠衣子を桐生は見つめ続けた。少し前までは愛されているんだと実感していたのに、今では自分の恋人が恐怖の対象に変わった。言葉が通じない、常識が通用しない人間に思えてくる。そしてそれは恐らく間違いではない。

もうやめてと懇願する瑠衣子の中に白濁を注がれた。避妊をしてくれなかったのだと気づき、この日何度めかの絶望に落とされた。

『せっかく君の初めてを味わうのに、無粋なものをつけたくなかったんだ。大丈夫、ルイちゃんは今日安全日だから』

安全日だから？　避妊具をしなくても問題にはならない？

いくら色恋に疎くても、性行為の知識と妊娠の危険性については把握している。男性でコンドームをつけるのを嫌がる男は最低だと雑誌にも書かれていた。

まさしくその通りだったとわかった瞬間、瑠衣子の恋心は砕け散った。

もしも子どもができていたら、彼は結婚すると言い出すだろう。盗聴器を仕掛けるほどの執着を見せているのだから、簡単には放してもらえないに違いない。

翌朝、インターネットで口コミのレビューが高い産婦人科を検索し、講義を休んでアフターピルを処方してもらった。ロマンティックな思い出になると思っていた二人の記念日は瑠衣子の心をズタズタに傷つけた日に変わり、罪悪感を覚えながらピルを飲んだ。

その日から同じ大学の親友の部屋に居候し、自室には極力帰らない日々を送った。

二人きりが怖い、距離を置きたい。就職活動で忙しくなる時期と重なり、本音を隠したまま学業に専念したいと言っていたのだが、話がしたいと彼から呼び出しを受けて腹をくくった。

人目につかないところは嫌だと拒絶すると品の良い懐石料理の店を提案された。人の出入りが多いなら問題はないだろうと判断したのだが、相手の選んだ店が桐生家の息がかかっているところなのだと思い至るには、瑠衣子はまだ若すぎた。

学生の身分では到底食べられない懐石料理のコースを黙々と口に運んだ。正直お腹は減っていなかったが、義務的に咀嚼《そしゃく》し続けた。

食後のお茶を飲んだところで瑠衣子から別れを切り出した。

周囲の人間には自分が振られたことにしてくれて構わない。桐生を狙う女性から、これまでたびたびやっかみや嫌がらせを受けていたが、これで静かになるだろう。

マンションも引っ越すと告げたところで、桐生がこらえきれないといった様子で笑みを漏らした。

『僕の恋人は愚かでかわいいね……。やっと手に入れたルイちゃんを簡単に手放すとでも思っているの？』

『やっと……？』

――まさかまさか……！

瑠衣子は自分の察しの良さを呪いたくなった。

『信じて、いたのに……』

『僕は君を心の底から愛しているだけだよ？　君を手に入れるためには手段を選ばないし、愛しているから僕だけを頼ってほしい。すべてを知りたいと思うのは当然だ』

下着を盗まれた件も、知らない人からの手紙の件もすべて彼の仕業だった。彼の言い分では二人の愛を育むための演出だそうだ。それがあったから距離が縮まり、こうして恋人同士にまで発展したのだという。

初めから盗聴器などが仕掛けられた部屋に、瑠衣子はまんまと罠にはまって囲われていたのだ。録画された画像が何に使われていたのかを考えるだけで吐き気がする。

桐生によるストレスで食欲は落ち、体重だって減った。学業にも専念できていないし、ここ一か月近くで抜け毛が増えた。

すべての元凶は桐生だった。その事実を知ったまま、恋人ごっこなど続けられるはずがない。

『本当に無理です。先輩が怖くてたまらない。もう私に関わらないで……！』

バッグを摑んで部屋を飛び出そうとした瑠衣子は、襖に手をかける直前、背中に焼き付くような痛みを感じた。がくんと膝が落ちて、思わず畳に両手をつく。

『君が僕から逃げるなら許さない。それならいっそ――』

『っ――！』

振り返れば、桐生の手には小さな果物ナイフが握られていた。先ほど白桃のデザートと一緒に、丸ごとの桃が出されたときに添えられていたナイフだ。その刃先にはべっとりと赤い液体がついている。

じわじわと自分の内側から何かが漏れていくのを感じた。呆然としたまま気力を振り絞り襖を開けて、助けを求める。

その後病院に搬送された瑠衣子は左の肩甲骨の下を十センチほど縫う羽目になり、それは消えない傷跡となった。

幸いにも服の上から急所を外して斬りつけられたため致命傷にはならなかったが、それでもしばらく入院を余儀なくされたし、心の傷も負った。

桐生は何故か逮捕されることもなく、瑠衣子が退院する頃には国内にいなかった。海外の大学に留学し、そのまま院に進むことになっていた。

彼の罪は桐生家のお金と権力でもみ消され、瑠衣子には学生の身では持て余すほどの慰謝料という名の口止め料が支払われた。

本当は受け取りたくなどなかったが「そのお金を受け取れば、桐生は二度と瑠衣子の前には現れない、誓約書も作成する」と弁護士に言われた。相手にとっては手切れ金の意味もあったのだろう。手を切りたいのはこちらの方だ。受け取らないことで彼に未練があると誤解されるのはどうしても嫌だったので誓約書を受け取り、慰謝料も受け取った。

謝罪の言葉は弁護士経由で届いていたが、本人や家族の口からは何も聞かされていない。桐生本人に会わずに済んだのはよかったが。

『大金をもらったって、傷が癒えるわけでもないのに』

泣いて泣いて、気力もすべて失い、心が凍ったまま、大学は一年留年して卒業した。

大学の友人は全員桐生と共通の友人だ。誰にも言うことができず、大学では留学を機に瑠衣子が振られたという不名誉な噂だけが独り歩きをしていたが、否定することなく親しかった友人とも距離を置いた。

人混みに慣れるのも時間がかかり夜道を歩くのも怖くて、八年経った今でも背後に人が立つと足が竦む。後ろをつけてくるのではないか、襲い掛かられるのではないかと気が気ではないのだ。

この桐生の一件から、権力を持つ金持ちが嫌いになった。

普通の恋愛をする余裕が生まれるまで、数年かかった。

仕事の取引先で優しくしてくれた男性に告白され、ようやく幸せを掴んだと思いきや、五股をかけられていた。つくづく自分は恋愛には向いていない。男運のなさに呆れてしまう。

ここ一、二年は早く結婚相手を見つけたいと思っていた。桐生の両親は、息子はもう日本には戻さないと言っていたが、それを信じられるほど瑠衣子はお人よしではない。だから、万が一彼が日本に帰国しても、瑠衣子が既婚者ならさすがに手を出してくることもないのではないかと考えていた。

案の定、桐生の両親は、彼を呼び戻した。二度と会うはずのない男はあっさり目の前に現れて、瑠衣子のことを恋人と認識している。

彼の精神は異常だ。

「助けて……」

瑠衣子は夢の中でそう呟いて、静の部屋で眠り続けていた。

◇◇◇

静は、眉根を寄せて眠る瑠衣子をじっと見つめていた。彼女の顔からは生気が失われている。

普段の強気な彼女からかけ離れた姿は見ているだけで痛々しくて、とても小さく弱い存在に思えた。

車から降りた瑠衣子は自分の足で歩くと言い、静の支えを拒んだ。だが静のジャケットの裾を握る彼女の指から心情は伝わってきていた。心細く、頼りたいのに甘え方がわからない彼女なりの精一杯を見せられて、言葉にできない感情が胸いっぱいに広がった。

それは今まで誰にも感じたことがなかった庇護欲。そしてこんなときにどのように彼女の頑なさを解消したらいいのかわからない不甲斐なさ。何をしたら彼女が傷つき、どう接するのが正解なのかわからない。ひとりの女性について真剣に思い悩んだのはこれが初めてだ。

静を簡単に翻弄しているように見せて、彼女の内面は繊細で傷つきやすい。それなのに、意地を張り、誰にも頼ろうとしない様子に、低く唸りたくなる。そんなふうにしたあの男を殴ってやりたい。けれどそんな手で彼女に触れたくはない。静はギュッと拳を握った。

抱きしめて、先ほど傷つけたことを謝罪して、彼女の過去も今もすべてを知って守りたい。そう思った瞬間、その感情の名に気がついた。

――恋に落ちた。いや、気づいたら落ちていた。

身体が目当てではない、彼女の心が欲しいのだとはっきり認識した。危険な男が瑠衣子を狙っているのを知った今、彼女の隣にいられる理由が欲しかった。

ひとりで戦わせたくない、頼ってほしい。好きだと返されるには時間がかかるだろうが、諦めるつもりはない。

瑠衣子を怖がらせないように、静はゆっくりとした歩調で彼女の前を歩き、自宅へ誘導した。

玄関で吐き気を催し蹲った彼女をトイレに運び、介抱しつつベッドへ寝かせた。水分を摂らせると瑠衣子はすぐに深い眠りについた。その間ずっと涙を見せなかった彼女はただひたすらたえていた。

きっと人前で泣くことができないのだ。ひとりでひっそりと泣いている姿を思い浮かべると、どうしようもない苛立ちを感じる。

「ひとりで泣くなんて冗談じゃない」

泣くなら自分の胸でめいっぱい泣けばいい。彼女の痛みを分かち合えるくらい、器量はあると自負している。だから、彼女にもっと信頼してもらえるように誠意を示さなければ……。

「しかしあの男、どこかで……」

あの端整な顔には見覚えがある。

「思い出した。桐生家の長男か。ずっと海外に留学させていると聞いていたが」

十年近く前にどこかのパーティーで見かけたのが最後だ。

先ほど見た彼は十代の頃と比べると男性的な色香を身に着けていた。人目を引くイケメンなのは確かだが、どことなく退廃的な陰りも感じた。

瑠衣子を「ルイちゃん」と馴れ馴れしく呼び、抱きしめていた男。恐らくは学生時代の知り合い、いや恋人に近い関係だったのだろう。まるで瑠衣子がまだ自分を好きだと信じて疑わない振る舞いだった。

だが彼女のあの怯えよう――過去、彼にひどい目に遭わされたのは明白だ。もしかしたら、彼女の背中の傷に関係するような……。

「クソッ、考えていたって仕方ない」

ここはプロに任せた方が確実な情報を入手できるだろう。

リビングへ移動しスマホを手に取るとすぐに雑賀にメールを送った。今はもう寝ているだろうが、明日の朝一で確認してもらえるはずだ。

手早く要件を記し、瑠衣子は明日は休暇扱いにするよう付け加える。明日休めばゴールデンウィークの連休に入るから、しばらく彼女もゆっくりできる。

この休みの間に、彼女が怯える要因をできる限り取り除いておきたい。怖くて帰宅できないと抵抗した自室に何があるのか、嫌な想像しかわかないが。

——恋人でもないのに、深夜、女性のマンション前で待ち伏せするなんて、その時点でおかしいだろう。

人好きのする笑みを浮かべる男の眼差しの奥には、はっきりと狂気じみた執着を感じた。絶対に瑠衣子を近づけさせたくない。そのためには、彼女を匿《かくま》う必要がある。

——このまま大人しく囲われてくれていたらいいんだが。

静は、一人暮らしには広すぎる3ＬＤＫの部屋を、ひとつは寝室、もうひとつは書斎として使っている。残りの部屋はゲストルームとして使えるので、彼女を住まわせるのは問題ない。うまく言いくるめてこのまま住まわせてしまおう。

——善は急げだ。

ついでに少しばかり殺風景な自宅を、新婚夫婦が住まう部屋らしく整えてしまおう。

そう思い至り、静はほくそ笑んだ。

ここまでの経緯は笑えないが、この状況は願ったり叶ったりだ。大いに利用させてもらおう。

はっきりと瑠衣子を守りたいという自覚が芽生えた静は、瑠衣子を囲う準備を始めた。

本当はとても臆病で繊細で、脆さを秘めた女性。人に頼ることも甘えることも知らず、今までひとりで立ってきたのだろう。そんな彼女が、茫然自失だったとはいえ救いを求めてきたのだ。嬉しくないはずがなかった。

それに、無意識に縋《すが》ってきたということは、少なからず信頼されている証。まったく好意を抱いていなければ、頼ろうとは思わないだろう。……比べる余地がないほど相手が恐怖の対象だっただけかもしれないが。

――いや、間違いなく瑠衣子は俺を受け入れている。

そもそも彼女は同情や義務で抱かれることはしないはずだ。そうだと思いたい。

「興信所の手配は雑賀に任せるとして、瑠衣子のケアだな」

目を覚ましたら、様子を見つつ一度病院をすすめてみよう。カウンセラーの診察を受けた方がいいかもしれない。心の傷は、本人が思っている以上に根深いものでそう簡単には治らないのだから。

部屋着に着替えた彼は、ゆっくりと寝室の扉を開き、寝ている瑠衣子の様子を窺う。

「……涙の跡があるな」

寝ている間にひとりで泣いていたのか。じくりと胸の奥が痛んだ。

すっとその跡を拭おうとして、ふとあることに思い至る。化粧をしたまま眠るのは女性の肌的によくないのではないか。今まで女性を泊めたこともないし、朝まで一緒にいたこともないから気にしたこともなかったが。

「…………」

考えること数秒。静は部屋着から私服に着替えなおして、ジーンズの後ろポケットに一万円札を一枚入れた。

瑠衣子が愛用しているスキンケアの商品は、明日彼女の部屋を訪れたときに確認するとして、とりあえず今夜は、拭くだけでメイク落としができるクレンジングシートを購入しておこう。あとは便利なお泊まりセットでもあればいい。

「女のためにお泊まりセットを買いに行くなど、雑賀が知ったら大笑いするな」

女性の肌のことにまで気を回す自分を思うと笑いが込み上げる。今まで交際してきた恋人たちには、夜中にコンビニに行きクレンジングシートを買ってこようなどとは思ったこともなかったのに。

自然と何かをしてあげたくなったら、すでにその相手は特別なのだ。相手のことが知りたくて、ずっと傍にいてほしいと思えたら、気持ちは本物だと言える。

「行ってらっしゃいませ、鳳様」

ここまでの経緯のすべてを見ていたコンシェルジュに挨拶をされた。部屋に連れ込んで逃げられて追いかけて、再び部屋に連れ込んだ一部始終を。

視線が生暖かい気がするが、あえて気づかないふりをして静はいつものように挨拶を交わす。

「すぐに戻ってきます。ちょっとコンビニまで」

「そうですか。お気をつけて行ってらっしゃいませ」

コンシェルジュの人当たりのいい笑顔に複雑な気分になった。彼が思っているものを買いに行くわけではない。

——帰宅途中でもなくこんな時間にコンビニに急ぐのは、ゴム切れに気づいた男ぐらいだろうな。

なんとなく気恥ずかしくなったので、静はクレンジングシートや女性のお泊まりセットの他にたまたま目に入ったプリンを買った。女性は甘いものが好きなはず。目覚めた瑠衣子が少しでも元気になることを願って。


一夜明けても瑠衣子が目覚める気配はない。

リビングへ向かうと、朝の早い時間にもかかわらず、身なりをきっちり整えた雑賀が静のためにコーヒーを淹《い》れていた。

「おはようございます、静様」

「早いな、雑賀。もう来ていたのか」

まだ朝の七時過ぎだ。連絡を入れたのは深夜だったが、早々に対処してくれるらしい。

「ええ、静様はいつもより早めにお目覚めだろうと思いまして。早速ですが、桐生透についての調査はすぐに開始させます。それと、黒咲さんのご自宅の鍵を拝借してもよろしいのですね？」

「本人に許可はとっていないがな。早めに確認しておきたい。余計なものには触るなよ。洗濯物を見たり引き出しを開けたり下着を物色したり……」

「しませんよ、あなたじゃあるまいし」

「俺は女性の私物に勝手に触る真似はしない」

ムッとなりながら答えた静に、雑賀は淡々と「それは、これまでのあなたはそこまで相手が好きではなかったのですよ」と断言した。

自分でもうすうす気づいていたことを第三者に言われてしまうと、やはりそうだったのかもしれないとも思う。今までの恋人に感じていた感情はあっさりしたものだった。

「今日は在宅勤務になさいますか？　ドイツと電話会議が十六時に入っておりますが、ご自宅のPCで特に問題はないでしょうし」

フレックスタイムの導入や働き方改革を推し進めているため、内勤者で特に問題のない部署には在宅勤務も推奨している。会議もその場にいなければできないなんてことはない。

仕事に私情を挟むべきではないが、今、瑠衣子をひとりにするのは気が進まない。医者に診せる必要があった場合、やはり傍にいてやりたいと思う。

秘書である雑賀と今日のスケジュールを確認し、問題ないと判断した静は自宅で仕事をすることに決めた。

「では、私の方も手筈を整えておきます。何かありましたら携帯へ連絡してください」

「ああ、わかった。朝早くに悪かったな」

「今に始まったことではないでしょう。状況はまったく笑えませんが、この機会にさっさと口説き落としてくださいね。いい加減振り回されるのも面倒なので」

「口が減らないところは何年経っても変わらないな」

遠慮がなさすぎるが、雑賀のその気安い態度は楽で気に入っている。彼は観察力が優れていて、人の心の機微にも敏感だ。

「褒め言葉として受け取っておきます。ではしっかり看病なさってくださいね」

そう締めくくり、彼は静のマンションを後にした。

ひとり残された静は寝室に戻り、慎重に扉を開く。カーテンが閉められた室内は薄暗いままで、ベッドの上の瑠衣子が起きた形跡はない。

——まだ寝てるか。

目覚めるまでそっとしておこう。

彼女が起きたら食欲はあるだろうか。昨晩買ったプリンが冷蔵庫で出番を待ち構えている。

着替えは自分のシャツでも着させるとして、今後のことを考えねば。

自分用に新たなコーヒーを淹れて、リビングにあるダイニングテーブルでパソコンを開く。書斎もあるが、いつ彼女が起きてきても気づけるようにしたかった。

それから昼近くまで仕事に没頭していると、寝室からカタンッと微かな物音が聞こえた。

「瑠衣子?」

起きたのだろうか。

しばらくすると小さな足音が響き、ためらうようにゆっくりと扉が開かれる。

不安そうな顔が扉の隙間から見えた瞬間、静の鼓動が大きく跳ねた。

驚きで反応したわけではない。甘い疼きが身体の奥底から湧き上がったのだった。すぐに駆け寄って抱きしめたいのをぐっと堪える。

「あ、の……」

彼女の服は、昨夜のまま着替えさせていない。すでに彼女の肌を知っているのだから問題はないはずだが、自分が勝手にするのはためらわれた。

寝起きの瑠衣子は、いつもの隙がない姿とは違いとても無防備に見えた。化粧を落とした顔は実年齢より少し若く見える。

「おはようございます。あの、私……」

「具合はどうだ？」

気まずさを感じている様子だ。昨夜のことを思い出したのだろう。一晩でいろんなことがありすぎた一日だった。

「顔色は少しよくなったな。先に風呂に入るか？　食欲があるようなら昼ごはんにしよう。君が好きかはわからないがプリンもあるぞ」

「プリン……」

まだ頭がしっかり動いていなさそうだ。ぼんやりとしたまま呟いたが、その直後に今日が平日だと気づいたらしく、はっと声をあげる。

「あ、会社！」

上司が目の前にいるのに遅刻を気にして狼狽《うろた》えるとは。真面目で責任感のある女性なのだとわかる。そんなところも好ましい。

彼女の内面をひとつ知るたびに、静の内側も少しずつ満たされる気がした。

「今日は有休扱いにした。明日からゴールデンウィークの連休だから、どうせ休む社員も多い。俺も今日は家で仕事だ」

連休前にたまっている仕事がないかと頭をフル回転させているようだが、彼女の仕事の采配は雑賀が行っているため問題にはならないだろう。今の彼女は雑賀の雑用を手伝うことが主だ。

再び風呂か昼ごはんかを問えば、瑠衣子は遠慮がちにシャワーを浴びたいと答えた。

「わかった。湯船に浸かりたかったらバスタブにお湯を張ってもいい。着替えは適当に出しておく」

「……あ、ありがとうございます」

上司であり、なおかつ自分にプロポーズをしてきている相手に気持ちを返せていないのに、こんなふうに甘えるのは都合がいいのでは？　と思っているのが手に取るようにわかる。困り顔でどうしたらいいのか悩んでいるのも新鮮でかわいいが、静は強引に瑠衣子の手を取った。

「ほかの男に頼るのは許さないが、俺はまったく迷惑だなんて思っていない。思いっきり甘えて俺を頼れ」

「……っ！」

直球の言葉が彼女に響いたのを感じる。息を呑んだ瑠衣子の顔が瞬時に赤く染まった。

そのままバスルームへと連れて行き、バスタオルを渡す。ついでに昨夜購入しておいたお泊まりセットも。

「え、わざわざ用意してくださったんですか。ありがとうございます」

「ないよりいいだろう」

「覗かないでくださいね？」

「覗く真似なんてしない。見るときは声をかけて堂々と入る」

「それはもっとダメです！」

そんな軽口を叩ける気力が戻ったことに安堵しつつ、何かあったときのために、脱衣所の鍵はかけるなとも付け加えた。

脱衣所には洗面台と洗濯機がある。瑠衣子がその奥のシャワーブースで汗を流している水音を聞きながら、静は彼女の衣服を洗濯機へ入れた。スカートはクリーニングに出すことにする。

一人暮らしをする際、家電の使い方を一通り覚えていてよかった。普段は面倒で週に三回はハウスクリーニングを利用しているし、洗濯物もクリーニング店に取りに来てもらいデリバリーをお願いするのだが、瑠衣子が身に着けていた下着類を出す気にはならない。

たまにしか使わない洗濯機を回し、脱衣かごの中に洗い立てのワイシャツを置いた。普通のTシャツと迷ったが、鎖骨が綺麗に見えるのはワイシャツだろうというこだわりが現れた結果だ。

「ついでに下着も買っておくべきだったか」

しまった、忘れていた。

洗濯中のためしばらくはノーパンになってしまう。恥じらう瑠衣子が見られるのは非常に楽しみだが、自分の理性が十分試されることにもなる。

「洋服も全部一通り揃えておくか」

下着のサイズは先ほど確認した。服のサイズも。

本家の使用人に女性ものの衣類の調達を頼んでおきたいところだが、余計な茶々が入るのは避けたい。今両親に参入されたら、話がまとまらなくなる。

スマホを取り出し、友人を呼び出すことにした。彼はファッションデザイナーとして活躍しており、頻繁に海外と日本を行き来している。数日前に飲みに誘われたばかりなので、恐らくまだ日本にいるだろう。

『もしもし？』

「太一《たいち》か、俺だ」

『静ちゃんから連絡が来るなんて珍しー。どうしたの？　飲みに行くならいつでも予定空けるけど』

友人には、今度また誘うと言い、女性ものの衣服を数着送ってほしいと伝えた。予算の上限は特にない。

『え、まさか彼女に？　俺に頼るなんてよっぽど急ぎで必要なんでしょ？　すぐ見繕って送るよ』

「悪いな、かかった費用はちゃんと請求してくれ」

『新作のサンプルが大量に余ってるから別にいいよー。今度飲みに行ったときに奢《おご》ってくれれば。あと詳しい話も聞かせてね』

軽い口調だが彼は昔から友人思いだ。今でも連絡を取り合っている、学生時代からの数少ない友人である。

夜までに瑠衣子の衣服を届けてくれるとのことで、礼を言い、通話を切った。

「さて、昼飯の支度をしておくか」

そういえば自分も朝ごはんを食べていなかったことを思い出して、キッチンへ向かった。

「……あの、これ全部作ったんですか？」

キッチンへ行ってしばらくすると、瑠衣子が浴室から出てきた。

「大して手の込んだものは作ってないが、そうだな」

ダイニングテーブルに並べられているのはルッコラのサラダ、コンソメスープとホットサンド。

瑠衣子の好みがわからなかったのもあるが、食べやすいサンドイッチを用意してみた。チーズとトマトとハムのみのシンプルな具材だが、熱々のサンドはチーズが蕩けておいしいはずだ。

サラダに手をつけた後、ホットサンドを一口食べた瑠衣子の顔が幸せそうにほころんだ。どうやら口に合ったようだ。

「実家にいたとき、私もよく作ってました。たくさん詰め込んで無理やりサンドしてみたりするのが面白いんですよね」

「そうか」

何気ない会話ができる程度に元気を取り戻したのならそれでいい。

ゆっくりと味わっている彼女を観察する。

ヘアドライヤーで乾ききらなかった髪が無防備だ。服装も静が渡したシャツ一枚のみ。最初はスースーすると言って抵抗していたが、バスタオル一枚よりはマシだろう。ちなみにバスローブという手もあったが、男性用しか置いておらず、瑠衣子が着たら引きずってしまう。

「そういえば昨日、私化粧って落としたんでしたっけ」

首を傾げながら水を飲んでいる彼女に、静は「俺が落とした」と返した。

「メイク落としシートで軽く落としておいた。女性は化粧したまま寝るのは嫌なんだろう?」

「……ありがたいけどありがとうって言っていいのかわからない」

素直にお礼を言うのをためらっているのだろう。複雑な女心だ。そんな彼女が面白くて、静は小さく噴き出した。

食後にコーヒーを淹れて、乾燥機が止まるまでソファで待つことにする。仕事を気にする瑠衣子に再び今日は問題なく休めと伝えた。

そして静はようやく本題に入った。

「瑠衣子、しばらくうちにいろ」

「え？」

「ゲストルームが余っている。気兼ねなくここにいたらいい」

まっすぐ瑠衣子を見つめる。彼女の視線が不安げに揺れた。突然の提案に困惑しているようだ。

薄く開いた口から微かな吐息が零れた。迷った挙句、断ろうとしているのがわかる。だから、彼女が何かを言う前に攻め込んだ。

「俺が君の傍にいたいんだ。ここにいてくれた方が安心する。遠慮する必要もなければセキュリティ面だって安心していい」

「でも、専務」

「昨日念入りに名前を覚えさせたはずだが？」

「……し、静」

「ああ、何が不安だ？」

名前を呼ばれただけで特別な存在になれた気がする。ささいなことで満足感を得られた。

「その提案はありがたいですけど、あなたを利用しているようで……」

「何が問題だ？　俺への気持ちをはっきりさせていない状態で俺に甘えるのは図々しいとか思っているのなら、その必要はない。俺は俺がしたいようにしている。それでも気が引けるというなら、たまに料理でも作ってくれたらそれでいい」

「料理？」

「そうだ。できれば和食が食いたい」

「料亭みたいに凝ったものは作れないですが、家庭料理でもいいのなら……」

「十分だ」

色よい返事をもらえて、思わず笑みが零れる。彼女を自分の膝に抱き上げて抱きしめたくなるが、シャツ一枚の彼女にそうしてしまえば、すぐさま理性が吹っ飛ぶだろう。それでは彼女の自分への信頼が消えてしまう。

「瑠衣子の許可が出るまで、俺は君に触れない。君が嫌だと言うことはしないと誓う。どうだ、甘える気になったか？」

悪くない条件だろ？　と付け足すと、逡巡していた瑠衣子はようやく頷いた。

「ありがとうございます……では、よろしくお願いいたします」

「……っ、ああ」

ふわりと微笑んだ彼女があまりにもかわいくて、下半身が反応しそうになる。触れないと言った言葉を、早速後悔しかけたが我慢する。だが、彼女の匂いくらいなら感じてもいいだろう。

――いや待て、俺はそんな変態ではないぞ。

かと言って聖人君子でもない。

無防備な姿を晒し、中途半端に信頼を向けてくる瑠衣子の心も身体もドロドロに甘やかしたくなっているのだから、これからしばらく生殺しの日々が続く。

彼女の心が自分に傾くまで、彼女にとって一番安全な男にならなければならない。人が理性を捨てて欲望を優先させたら、単なる人の皮をかぶった獣だ。しっかりと信頼関係を築かなければ、取り返しのつかない傷を与えてしまう。

お代わりのコーヒーを持ってきて、ついでに頂き物のチョコレートを開けた。ベルギーのお土産にもらったチョコレートだが、自分ひとりで食べきれそうになかったので、会社に持っていこうかと思っていたものだ。

「これ、すごい有名な高級ショコラ……」

「そうなのか？　日本には出店していないそうだが、よく知ってたな」

瑠衣子はこういったお菓子が好きなのかもしれない。気に入ったのなら今度ベルギー出張に行ったときに購入してこよう。

静も一粒食べて、コーヒーの苦さで甘さを中和させた。甘さ控えめらしいが静にとっては十分甘い。一粒で満足感がある。

チョコレート効果だろうか。瑠衣子はずいぶんとリラックスした表情になった。これから考えなければならないことも心配事も山積みだが、ひとまず自分のマンションへ帰らなくていいという安堵からだろう。

そこまで怯える理由は見当がついているが、ちゃんと彼女の口から詳しく聞きたい。精神的に負担にならない範囲で。

沈黙が逆に引き金となったのか、手元にあるコーヒーカップをじっと見つめていた瑠衣子が顔を上げた。

「巻き込んでしまって、申し訳ありません。一番初めに謝るべきだったのに、ずっと言い出せなくて」

「好きで巻き込まれている。俺はむしろ自分が知らない間に瑠衣子が傷ついているほうが許せない」

直球の言葉に、瑠衣子は咄嗟に返せないようだ。視線を逸らして、膝の上の小さな手を見つめている。

口を開きかけてきゅっと閉じる。彼女はそれを数度繰り返した。

彼女の中で葛藤が生まれていることに気づき、静はふっと口元をほころばせる。

「無理して話そうとしなくていい。君が話したくなったときにいつでも聞いてやる。今はとにかく、ゆっくり休め」

本音を言えば知りたい。事情を知らなければ先にも進めないし対処もしづらくなる。だが心の整理がついていない状況で、言いたくないことを無理やり言わせたくなかった。

もう少し落ち着いてからでもいいだろう。その間にこちらはこちらで、調べられることを調べておく。

強張っていた瑠衣子の肩から力が抜けた。泣いているような微笑みを見て、静の胸の奥がぐっと苦しくなった。

名前を呼びたい。声が聴きたい。

無意識に彼女に触れようとしたところで、ピーピーと電子音が鳴った。

脱衣所から聞こえるそれは、乾燥機が終了した合図だ。

このまま自分のシャツだけを羽織らせた姿でも構わないのだが、瑠衣子は落ち着かないだろう。それに無防備な姿を見ているだけで触れられないのは辛い。

「乾燥機が終わったな。今取りに……」

「いえ、自分で」

ソファから立ち上がり、急ぎ足で脱衣所に向かう姿をじっと見つめる。ほどよく肉感的な太ももとしなやかなふくらはぎがとてもおいしそうで、目の毒だった。

チラリと見える胸元の谷間も、ぶかぶかなワイシャツをとがった先端が押し上げる姿にも、悩殺されないはずがない。

弱った女性には手を出さない。そこまで飢えた獣ではない。だが、早く瑠衣子が自分に落ちてくればいい。そうすれば、思う存分守ってやれる。

数時間後。雑賀の報告を受けた静は、盛大に舌打ちをした。

桐生が瑠衣子を待っていたあの夜には、盗聴器も盗撮カメラも仕掛けられた後だったのだ。

# 五章

　ずっと人に頼るのが苦手だった。誰かにお願いするくらいなら自分が動いたほうがいい。幼い頃からそういう癖がついていた瑠衣子は、異性に甘えることなんてどうしていいかわからない。

　初めての恋が最悪の形で終わった後、自分がしっかりしなければならないのだと言い聞かせて生きてきた。次の彼氏に浮気されたのも、わがままを言わず、何も要求しない、その淡白な態度がかわいげがないと思われたせいかもしれない。

　もう傷つきたくないし権力者にも振り回されたくない。ドラマティックな恋愛など望んでいないから、穏やかに過ごせる人と出会いたい。そう思うのはごく自然なことだろう瑠衣子は人並みの幸せを望んでいた。

　昨日の一件のあと、気絶したように眠ってから瑠衣子が目を覚ましたのは日が高く昇ってからだった。

服は昨日の服装のままで、スカートに皺がついていた。

目が覚めた直後は一瞬どこにいるかわからなかったが、見覚えのある調度品を見て安堵した。ここは静の部屋だ。

リビングへ繋がる扉を開けると、部屋の主が体調を尋ねてきた。平日の昼近くに彼が自宅にいることも驚きだが、仕事を休ませてくれたことにも申し訳なく思う。

そのままシャワーを借りて汗を洗い流した。そういえば昨日静と肌を重ねた後もシャワーを浴びていなかったのを思い出した。

服は洗濯機で洗われている。そのため、彼のシャツ一枚という姿でしばらく過ごさなければいけなくなり、羞恥心を味わう羽目になった。

「こんなコスプレみたいな格好を実際にするなんて」

彼氏の家にお泊まりという経験がまるでないため、この姿が一般的なのかもわからない。ただ男性が好むということだけはわかっている。洗濯と乾燥が終わるまでの辛抱だと言い聞かせた。

部屋に帰りたくないと言った瑠衣子のために、静はゲストルームを使えばいいと提案してくれた。瑠衣子が許可を出すまで触れないとも付け加えて。

多少なりとも下心はあるようだが、それでも静は約束を守ってくれるはずだ。仕事ぶりを見ていても彼の人間性は十分信頼できるものだし、フェミニストだともわかっている。嫌みのないエスコートをするところも計算ではなく素でやってのけるのだ。育ちの良さが伝わってくるが、金持ちの独特な価値観にはついていける気がしない。

というのも、その日の夕方に大量の服が宅配便で届けられたのだ。その中には女性ものの下着も入っていて、思わず頬が引きつりそうになった。

「あの、これはどういう……」

「瑠衣子の服だ。必要だろう？　とりあえず連休中にうちで過ごす分を用意してもらった」

「もらったって、どなたに？」

……まさか雑賀に下着の手配までさせたのではあるまいな。

さすがに秘書課の先輩に下着のサイズまで把握されるのは遠慮願いたい。

「ファッションデザイナーをやっている友人がいる。女性ものを幅広く扱っているブランドで、新作のサンプルを送ってもらえることになった。瑠衣子にも似合うと思うぞ」

「つまりご友人からのプレゼントという……」

普段使いができそうな、比較的カジュアルなワンピースを持ち上げた。

着心地がよさそうでシンプルなデザインながら身体のラインが綺麗に見えるようこだわっているのがわかる。甘すぎず、しかし女性らしいシルエットだ。Aラインのワンピースは好みだが、そのブランドのタグを凝視する。

「こ、これ雑誌とかによく載ってる有名ブランド……！」

「知ってるのか？　女ものはよくわからん」

――一着五万近くするわよ。

一般のＯＬにはなかなか手が出せない。誰が着るんだろうと思ってしまう値段だが、人気であるのは確かだ。

それを大量に送ってくれる友人がそのデザイナーだなんて、やはり静とは住む世界が違う。一着五万のワンピースも彼にとっては大した金額ではないのだろう。

――普通にオーダーメイドのスーツを着てるんだもの。それに比べたら確かに安いわよね。

丁寧に包装された箱の中には、総レースのランジェリーまで入っていた。黒いレースのブラジャーとショーツは静の趣味なのだろうか。

「どうした？」

「いえ、ご友人にどういう注文をなさったのかと」

隣から覗き込んできた彼にぴらりとそれを見せる。無骨な男の手に渡った繊細すぎるレースの下着は、簡単に破けてしまいそうだ。精悍な顔立ちにはとてもでないが似合わない。

「ほう、いい趣味をしているな」

「あなたの趣味なのでは？」

「俺が選んだわけではないが、悪くない。もっと他のも見せろ」

――食いつかれた！

少しは恥ずかしがったりするかと思いきや、正反対の反応を見せられてしまった。他の下着を漁ろうとする手をペシンと叩く。

「さすがにドン引きですよ」

「今更この程度で引かないだろう？」

そう言われてしまうとそうなのだが、それを認めてしまうのも釈然《しゃくぜん》としない。

まだ付き合っていない男性に自分の穿く下着まで把握されるのは常識的にどうなのだろう。だがそれこそ付き合ってもいない相手の家に居候をするのだから、もはや一般常識など考えるだけ無駄なのかもしれない。

――それに、一緒にいるのも嫌じゃないし。

いつでも触れられる距離にいるのに静は手を出してこない。彼が言った言葉に嘘は感じられず、桐生の一件の前に一度は強引に関係を迫られたが、根は誠実な人だと思っている。傍にいて居心地の悪さを感じないというのは、瑠衣子にとっては稀有なことだった。

瑠衣子は、過去をシェアしていない相手とはどうしても壁を作りがちになってしまう。同僚の怜奈だって瑠衣子の過去を知らない。一番仲がいいが、だからこそ心配をかけたくないし、瑠衣子だって忘れたい記憶をわざわざ蘇らせたくない。

でもきっと怜奈は怒るだろう。今回桐生が再び現れたことも、静の部屋に居候することになったことも、彼と寝てしまったことも、打ち明けてほしかったと言うに違いない。

――怜奈にはいつか言えるときが来たら伝えよう。

昨日の合コンの後も連絡を入れていなかった。あの後ずっとスマホを確認していない。きっと連絡をくれているだろう彼女を不安にさせたくないが、まだ、彼女と話せる状態ではない。すべてが片づいたとき笑い話にできる日が来ればいい。

「瑠衣子、夕飯はピザでも頼もうと思うが何がいい？」

「え？　私が作るんじゃ……？」

気づけば時刻はもう夜の七時近かった。六時過ぎに瑠衣子の服が届けられてからあっという間に時間が過ぎてしまっていた。

ゲストルームを使用させてもらう代わりに、家庭料理を作るという条件だったはずなのでそう言うと、静は首を横に振った。

「それは明日からでいい。今日はまだゆっくりしていろ。連休の予定も考えないとだしな」

連休の予定……。

どこに行くにも混んでいるだろうし、新幹線も飛行機も満席だろう。遠出をする気にはなれないが、近場でゆっくりしようと考えていた。

だが桐生が帰ってきているなら、いつどこで彼と遭遇するかわからない。行動を監視されている可能性を考えると、迂闊に出歩かないほうがいい気もする。

瑠衣子は表情を曇らせる。そんな彼女に、静が宅配ピザのチラシを押しつけた。

「ほら、好きなのを適当に選べ。今日くらいはカロリーとか気にするなよ？」

「……食べないと力がわかないので、がっつり食べます」

「そうだな、腹が満たされれば心も満足する。二人だし、Lサイズ二枚はいけるだろう。ピザにはコーラだな。瑠衣子も飲むか？」

「ピザにコーラって、欧米人……」

カロリーは気にしないと言ったばかりだが、少々気になるコンビネーションだ。だが、一日くらいはそんな日があってもいいかもしれない。

「何でも頼んでいいんですよね？」

「トッピングも好きに選んでいいぞ。俺は特に好き嫌いはない」

太っ腹な上司の言葉に甘えて、トッピングを選ぶ。一枚で四つの味が楽しめたり生地が選べるのはなかなかに楽しい。いつもチラシはすぐに捨ててしまうのでじっくり見たことはなかったが、今度ポストに入っていたら保管しておこう。

――あ、ポスト……。

郵便物の存在を忘れていたことに気づいた。

いくら部屋に入るのが怖いからと言って、郵便受けを長い間確認しないのは危ない。何かをとられていたかもしれないし、何かを入れられた可能性だってあるのだ。

——数日以内に帰らないと。

一度部屋に戻る必要がある。けれどそのことは、今は頭の片隅に追いやる。現実逃避でここにいるのではなく、現実と向き合い決着をつけるためにここにいるのだ。先に気力と英気を養わなければ動けない。

だから、一層真剣にピザのトッピングを選んだ。サイドメニューにサラダやフレンチフライもプラスして、電話で注文をした。

「四十分ほどだそうです」

「そうか。じゃあ先に飲んでおくか」

そう言った静はワイングラスを二つ用意して、ワインセラーからワインを選び始めた。

自宅にワインセラーがあるなんてどれだけセレブなんだろうと思うが、ほとんどが頂き物だということなので、ない方が不便なのだろう。

まずは爽やかにスパークリングワインでスタートする。シャンパングラスも用意して、静が慣れた手つきでコルクを開けた。

「瑠衣子、こっちだ」

「え？　ダイニングテーブルじゃなくてソファの方で食べるんですか？」

「ああ、こっちの方がテレビが観やすい」

シャンパングラスを二個、ソファの前のテーブルに置いた。それから、ラックの中からＤＶＤを数枚取り出して、瑠衣子に選ばせる。

「どれがいい？」

「え？　映画観るんですか？」

「ピザを食べながらお酒を飲んで映画を観る。最高だろ？」

「……っ」

不意打ちの笑顔は反則だ。少しだけ、トクンと心臓が高鳴ってしまったではないか。ほんのり赤くなっているだろう顔をごまかしたくて、視線をＤＶＤへ移す。

「外国人ですか」

「ああ、アメリカの学生みたいだな」

海外の生活なんてわからないが、確かにアメリカの学生はピザを食べてコーラを飲んでいるイメージだ。

瑠衣子だけだとピザは一枚だって食べきれないから、こんなふうに過ごすことなど考えたこともなかったが、まったく嫌ではなかった。

静が選んだＤＶＤはどれも人気作だったので、タイトルだけは知っていた。

ここてこてのロマンス映画やサスペンスにＳＦ、ホラーやミュージカル、そして世界的に人気なアニメのＤＶＤまであり、彼がひとりでアニメ映画を鑑賞している姿を想像すると少し微笑ましい。

「じゃあまずはど派手なＳＦもので」

夜はまだまだ長い。この時間なら二本は観られるだろう。

コツンとグラスを合わせてスパークリングワインを飲みながら、ＤＶＤを再生させた。

作品の舞台は近未来の地球。宇宙ステーションと地球を行き来することがさほど珍しくなくなった時代に、招かれざる客が宇宙からやって来て地球を侵略しようとする、アクション満載のＳＦ映画だ。

ダイナミックなＣＧと緻密なストーリー展開が人気のその映画を四十分ほど鑑賞したところで、インターホンが鳴る。

「あ、来たな」

静がリモコンの一時停止のボタンを押す。お待ちかねのピザが届いたらしい。

静がエントランスのオートロックを解除し、玄関口で受け取っている間に瑠衣子はシャンパングラスを片づけた。先ほど開けたスパークリングワインはもう飲み干している。

「手伝いましょうか？」

「いや、大丈夫だ」

飲み物やサイドメニューのサラダにフレンチフライを置いて、メインのピザを二箱乗せると、テーブルにはグラスが置けるわずかなスペースしかなくなった。

ひとりでは絶対に食べきれない量を見て、笑いが込み上げてくる。

「ピザパーティーですね」

「ああ、たまにはいいだろ」

四種類もの違う味が楽しめるピザをLサイズで二枚。つまり八種類も堪能できるのは、なかなかに贅沢だ。和風ピザというのも流行っているそうで、明太子や照り焼きチキン、生姜のソースなんかもある。

オーソドックスなマルゲリータも好きだが、珍しい味を試したくて、一枚はすべて和の味を、もう一枚はシーフードのものとサラミとチーズのもの、さらにパイナップルがのったハワイアンなどを注文した。

「ハワイアンは全部瑠衣子にやる」

「好き嫌いはなかったんじゃ？」

「嫌いじゃないが、フルーツが入っているのは苦手なんだよ。フルーツはデザートだろう」

「つまり、静は酢豚のパイナップルも許せない人？」

男性に多い気がする。わりと女性はフルーツサンドもフルーツサラダも好きだと思うが。

「……好きではない」

その彼の口調がどことなくかわいくて、笑いを堪えながらプレートを手渡した。

「じゃあハワイアンは私が食べるので、お好きなのどうぞ?」

八等分にされているため、一人二種類は食べられる。同じ味を二枚堪能するのは少しもったいないので、静の分のハワイアンは明日に残しておこう。

「まずはサラダを食べてからにする」

手際よく二人分のサラダを盛り付けてくれた静にお礼を言い、お互い好きなピザを取ってから映画を再生させた。


スパークリングワインの後、赤ワインを開けて、その合間にコーラを飲みながらピザとサイドメニューを黙々と食べ続けた。二本目の映画が始まる頃はそれなりにアルコールを摂取した後で、瑠衣子はソファに身を沈めたまま目の前で繰り広げられるラブロマンスを眺めていた。

小学生だった頃にものすごく流行ったロマンス映画は、若かりし頃のオスカー俳優が主役を演じていた。

家のために政略結婚をするしかない貴族令嬢と、没落貴族である青年。身分違いの恋に落ちた二人だったが、青年は彼女を守るために亡くなってしまう。最後に亡くなるのがわかっているのに、子どもの頃に見たときよりも感情が揺さぶられて涙腺が崩壊しそうだ。

アルコールを摂取した後の悲恋ものは思った以上に心に突き刺さった。

「瑠衣子、目が溶けるぞ？」

隣からティッシュの箱を渡されて、ボロボロと零れる涙を拭う。自分ではコントロールができず、次から次に涙が頬を伝った。

「まさか泣き上戸も入ってるんじゃ」

「う……っ、酔って泣いたことはないですよ」

ティッシュを二枚ほど使い、盛大に洟をかんだ。

映画はエンディングへと進んでいる。愛しい恋人の亡骸を目にしたヒロインが呆然と立ちすくむ。涙も零せない痛々しい姿は観ている者の涙を誘う。

止まらなくなった涙を放置して映画を観続ける様子を見かねたのか、隣から伸びた指が頬に流れる雫を拭った。

「まるで洪水だな。飲んだ水分が全部出てしまうんじゃないか？」

「……私には触らないんじゃなかったの？」

許可なく触れない。そう言わなかったか。

今の状況で約束を持ち出すのはいじわるかなと思ったが、泣き顔をさらしているのが恥ずかしくなり、ついかわいげのないことを言ってしまう。

「嫌か？　嫌なら触れない」

少し硬くて、骨ばった大きな手が温かいことを知っている。触れる手つきが優しいのも。

その手が離れるのは惜しい。

離れそうな彼の手の上に自分の手を重ねた。理性よりほんの少し欲望が勝っていた。

「ティッシュ代わりになるなら、使ってあげます」

「手がびしょびしょになるな」

喉の奥でくつくつと笑った静は、トントンと自身の広い肩を指で叩いた。

「手より肩の方がよくないか？」

――肩で涙を拭いていいってこと？

ＢＧＭに流れる歌は、映画が公開された年に数々の賞を獲得した懐かしい曲だった。それを聴くだけで、クライマックスのシーンが蘇るほど感情が揺さぶられる。

思考がまともに働かない瑠衣子は、隣に座る静の肩にそっと寄り添うのではなく、その腕をぎゅっと抱きしめた。

「っ！」

腕を抱きしめられた静は小さく息を呑んだが、主題歌のサビに紛れて瑠衣子には届かない。

ムードたっぷりの歌に耳を傾けながら、瑠衣子は静の肩口に顔を押し当てて目の前のシャツに涙をしみこませた。

——優しい……。

なんて優しい人なんだろう。こんなにも迷惑をかけている女を厭わないばかりか、面倒をみてくれる。理由も聞かずに避難場所を提供してくれて、甘やかしてくれる。

多少の下心もあるだろうが、それがまったく嫌ではない。部屋は広すぎて落ち着かないが、彼の隣は居心地がいい。

——散々好意を無下にして、金持ちの御曹司なんかと関わりたくないと言っていたくせに。

時間が経過するにつれて馴染んでしまう。この部屋と彼の空気に。

その心の変化に戸惑いつつも流されてしまいたくなった。

男の前で泣く女なんて面倒くさいと、自分でも思う。社会人になってから、思えば誰かに涙を見せたことなどない。弱みを見せるのも弱い自分を知られるのも嫌だから。

……なんてプライドが高い女。他人と距離を作り、心の壁を高くしているのは、自分の心が弱いだけなのに。

今は映画を理由に泣いてしまいたい。自分の弱さを見てもきっと彼なら幻滅などしない。

箍が外れてしまったように、瑠衣子は静の腕を借りて泣き続けた。

筋肉質な腕はクッションよりごつごつしていて抱き心地は良くないけれど、嗅ぎなれた匂いが落ち着かせてくれる。

だがリラックスしているのは本人だけで、ほどよいやわらかさを直に感じる静には酷だろう。我慢している男の劣情を煽る行為だという認識は、酔っぱらいには消えていた。

瑠衣子の部屋着として贈られたパイル地のワンピースはほどよく襟ぐりが開いており、押しつぶされた胸の谷間が上から覗き込めることも、彼女は気づいていない。

裾から伸びた白い太ももも大胆に見えてしまっているし、完全にリラックスモードに浸ってる。彼の腕に抱き着いたまま画面に視線を戻したのを見て、静がぼやいた。

「……瑠衣子」

「ん……？」

頭上から降ってきた重低音が鼓膜に届いた。

——やっぱり彼の体温も、鼓動も匂いも、嫌いじゃない。

瑠衣子と名前を呼ぶ声も。

家族と数少ない女友達以外に呼び捨てにされることはめったにない。

だが、馴れ馴れしいとか、苛立ちを感じることもなく、彼の声で瑠衣子と呼ばれるのはしっくりくる。

嫌いじゃないが好きなのかはわからない。彼の温もりに触れながらぐるぐると考える。

——嫌いじゃない。嫌じゃない。

甘えろ——と言われた声が脳内で再生される。今の自分は、うまく甘えられているのだろうか。

「俺の腕は握るなりつねるなり好きにすればいいが、シャツで湊はふくなよ？」

「…………」

湊は垂れていない……はず。

流れる涙はほぼ止まっていたが、鼻呼吸は少々苦しいかもしれない。

無言で差し出されたティッシュを受け取り、勢いよく湊をかんだ。泣くと呼吸がしづらくなる理由はわからないが、そうなることを忘れていた。

「……嫌いじゃ、ない。静の匂いは、嫌いじゃないわ……」

「匂い……？」

そう、匂いと温もりと、声と手。

広々として開放感がある部屋なのに、ここは人の温もりを感じられる。無機質で寒々しい部屋ではなく、まるで彼の内面が表れているような落ち着いた空間。そこに染みついた匂いも、静から漂う匂いも、触れられる体温と同じく心地いい。

コテン、と彼の肩に頭を乗せる。

ずっと甘え続けるわけにはいかないけれど、今はただこのままじっとしていたい。

心の整理がついたら、過去の出来事もトラウマも包み隠さず話そう。きっと静は耳を傾けてくれる。

安心感に包まれながら、思考が急速に夢の世界へと落ちていく。困惑している彼のことなどおかまいなしに、お腹と心が満たされて散々涙を流した彼女はその体勢のままあっさり意識を手放した。

◇◇◇

動かない彼女から寝息が聞こえてくるまで、静は瑠衣子に触れることもできず硬直していた。相手が落ちたことを知ると深い溜息をつく。

「どんだけ君は俺を振り回すんだ？」

そして酔ったときは名前を呼ぶとか。計算でないなら余計性質が悪い。

はあーっ、と再び大きく息を吐き出して、危機感が薄れている瑠衣子の肩を抱き、慎重にソファに寝かせた。

「まったく、どういう神経をしている。襲ってくださいと言っているようなものだぞ」

ゆっくりと彼女に覆いかぶさり、目の周りと鼻のてっぺんが赤くなっている顔を覗き込んだ。このまま唇を奪って身体に触れても、アルコールを摂取して泣き疲れた瑠衣子は目

を覚まさないだろう。

もちろんそんな不誠実なことはしないが。

ここで彼女に手を出せば、約束も守れない男として信用を失ってしまう。たとえどんなに無意識に煽られたとしても、堪えなければならない。

泣きはらした顔は痛々しいが、どこかすっきりして見える。今まで溜め込んでいたストレスが少しは体内から吐き出されたのだろうか。

「泣くこともストレス発散になるというからな」

それを見越していくつか泣けるＤＶＤを選んだのだ。泣いてくれてほっとした。

彼女はただ静かにボロボロと涙を流していた。

嗚咽を零すまいと口を引き結んだまま、涙腺が崩壊したかのように雨粒を降らせる。映画のヒロインが、愛する青年の亡骸を前にして泣き叫ぶことができずに呆然としていた姿も観ていて辛かったが、そんなヒロインを見て静かに泣き続ける瑠衣子の方が、見ていて胸がしめつけられる思いがした。

きっと普段の彼女は、声を出して泣く行為をめったにしないのだろう。ギュッとクッションを抱きしめたまま、そこにいくつものシミを作る姿に胸が痛んだのを瑠衣子は知らない。

――まったく、女性にこんな感情を抱くなんて初めてだ。

瑠衣子といると自分の知らない一面に気づかされる。

ピザを食べて映画を観るなんて、静も学生の頃以来だ。外に連れ出すのはまだ早いと考え、しかし、彼女が周囲を気にすることなく食事を楽しめたらとピザのデリバリーを思いついたのだが、我ながらいいアイディアだった。お酒もぐいぐい飲み、食欲もちゃんとあるようで安心した。

酒に強い静はいくらでも飲めるが、瑠衣子も意外と強い方だった。とはいえ先ほど見せた大胆な行動は酔っぱらっていたからだろう。理性が残っていたらきっとあんな真似はしない。

「匂いが嫌いじゃないなんて言われたのも初めてだぞ」

過去に交際してきた女性から、「嫌いじゃない」というような思わせぶりな言葉を言われたこともない。今まで付き合ってきた女性は、清純派のお嬢様が多かった。それ以外に、自分の美貌に自信があり、男は自分をよりよく見せる付属品だと思っている女性からのアプローチも多かったが、いくら美女でも高飛車で傲慢な女は静のタイプではなかった。

自分は受け身で世間知らずのかわいい系の女性と相性がいいと思っていたが、結局、瑠衣子と出会う前の最後の彼女とも価値観の不一致で破局。相手はその後、親が見つけてきた別の縁談をあっさりと受け入れた。

だから静は性に積極的な女性とこんなに深い仲になったことがなかった。あの夜、瑠衣子と出会うまでは——。

プルル、とスマートフォンが震えた。雑賀からのメールだ。

「あと十五分で着くか」

ではそれまでに瑠衣子をゲストルームに移動させておこう。

昼間のうちにシーツを取り換えたゲストルームのベッドへ彼女を運び、布団をかぶせる。あれだけ涙を流したのだから夜中喉が渇くかもしれないと思い、ナイトテーブルに水のペットボトルを置いておいた。

そしてリビングへ戻り後片づけをしている途中で、来客の報せが届く。

「お疲れさまです、静様」

「いや、別に疲れてはいない。お前の方こそいろいろ悪かったな。収穫はあったんだろう？」

「まったく喜ばしくないことに。黒咲さんは今どちらですか？」

「ああ、さっき部屋に寝かせてきた」

「……寝かせてきた？」

含み笑いを見せる年上の幼馴染に静は軽く眉をあげた。

「何を変な想像をしている。酒を飲んでピザを食って映画を観たら号泣して眠っただけだからな」

「なるほど、無意識に無防備な色気を振りまく彼女に手を出せず、お預け状態をずっと食らっていたわけですね。お疲れさまです」

　その通り過ぎて反論ができない。

　どっと疲れを感じ、静はさっさと本題に斬りこんだ。

「で？　早く見せろ」

「証拠品は厳重に保管しておりますので、今はこちらにありませんよ。ただ、彼女が警戒していた通り、いろいろと仕掛けられていましたねぇ。仕掛けられたばかりのものだそうですが、よくある三穴コンセント盗聴器ではなく、コンセントの内部に仕掛けるクリップ型などがいくつか。場所はテレビの裏、換気扇、室内灯などですね。換気扇には小型カメラも仕掛けられていましたが」

「……とんだゲス野郎だな」

「それには同感です。浴室の換気扇にカメラが見つかったことは、本人には言わない方がいいでしょう」

　──あの野郎……。

　どこまで見た。仕掛けられてから瑠衣子が一度も浴室を使っていないことを願いたいが、彼女が二日もシャワーを浴びていないなど考えにくい。

　録画された映像をできるだけ早く回収するしかないだろう。

「コンセントの内部に設置されたものを取り外すのはいろいろと面倒でして。資格がないと弄れないんですよ。もちろん依頼をしたのは国家資格を持っている者たちなので問題ないですが」

「それで全部回収して、どうする気だ」

「指紋の確認を行っていますが、恐らく出てこないでしょうね。相手もプロを雇って犯行に及んだ可能性が高いですし、黒咲さんに執着している彼も頭はいいはずですから」

「飛ばされたのはイギリスの大学だったか。そのまま院に進んで、何をしてたんだ？」

「優秀な成績で卒業してから、研究室に所属していたようです。ですが法務大臣まで務めていた桐生透の祖父が亡くなり、呼び戻されたときに研究室も辞めていますね」

「桐生透が渡英した本当の理由はわからないんだよな」

「ええ、留学という名目ですが中途半端な時期ですし不自然さが目立ちます。慌てて海外へ避難させたか追いやったか……。きっと両方でしょうが、跡取りとして優秀だった長男をずっと外国に居させるつもりはなかったんでしょうね。何かあったにしてもほとぼりが冷めたら呼び戻すつもりだったんでしょう」

十中八九瑠衣子が関係しているはずだ。あの怯えようを見ればどう考えても最悪な推測しか浮かばない。彼女の背中の傷と照らし合わせれば答えは出る。あの傷をつけたのは桐生なのだろう。

それを隠蔽しようとして桐生の両親は息子を海外へ飛ばした。だが桐生は彼女を諦めきれずに戻ってきた。不法侵入し盗聴器などを仕掛けるほど執着しているのは異常の一言に尽きる。

代々続く政治家の家系で法曹界《ほうそう》や警察にも顔がきくのなら、息子が犯した不祥事なども み消せる。

「祖父が法務大臣で父親が代議士。過去には総理大臣も輩出したことのある政治家一族の長男が犯罪者だと知られたくないなら、そのまま国外追放にしておけばよかったものを」

「ずいぶんと親御さんが甘いか、桐生透の演技力が素晴らしいのか。いずれにせよ、彼は諦めていませんよ。黒咲さんを」

「………………忌々しい」

さっさと諦めろ。彼女との記憶を消し去るのが一番だが、それが無理ならせめて瑠衣子の前に姿を現すな。

「次こそは牢屋へ送り込んでやる」

「そこに入っててもらうのが一番ですね」

しかしこれで、瑠衣子があれだけ権力者を嫌っていた理由がわかった。金の力で犯罪をもみ消された人間が、地位もあり権力もある人間を避けたくなるのは当然だ。

「つまり俺は、あの男と同類に見なされていたわけか」

「まったく同じではないでしょうけど、スペック的には近いところにいたんでしょうね」

雑賀の言葉が突き刺さる。相変わらずフォローを知らない男だ。

だが、お互いを知り、ゆっくりと距離を縮めていけば彼女の考えも十分改めさせることができる。自分は彼女を傷つけないし、身勝手な愛情を押しつけるつもりもない。

もっと瑠衣子が素直になるには、時間がかかりそうだが。

「勝手に私物を漁るわけにはいきませんので多くは持ってきていませんが、目についたものを少し持ってきましたよ」

「助かる」

事後報告なのはよろしくないが、今回の場合は致し方ない。

瑠衣子の家の鍵を雑賀から受け取り、ダイニングテーブルの上に置いた。椅子の上には彼女の私物が入った紙袋を置いておく。

「桐生透が次にどんな動きを見せてくるか、ちょっと見当がつかないので用心してくださいね」

「お前にも見当がつかないのか」

「サイコパスの考えなんてわかるわけないでしょう。ここに彼女が匿われていると勘づくのも時間の問題かもしれませんので、どこか別荘にでも避難していたらいかがですか」

「別荘か……」

「パスポートは持ってきていませんので、国内でお願いしますね」

そうにこりと笑い、雑賀は静の自宅を後にした。

静は、鳳家が所有する別荘をいくつか思い浮かべ、その案も悪くないと考える。

——観光地は人が集まるから避けたほうがいいな。だが、できればゆっくり温泉に浸かれるところがいい。

瑠衣子が目を覚ましたら直接聞いてみよう。

そう思いつつ、この時期にぴったりの場所をいくつかピックアップする。鳳家が所有する別荘は国内外合わせて十軒以上ある。

「確か夏のオープン前に視察を頼まれていたホテルもあったな」

なかなか予定が合わず先延ばしにしていたが、この機会に行くのもいいかもしれない。

瑠衣子がいれば、女性目線の感想も聞ける。

「別荘よりもリゾートホテルでのんびりするという手もあるか。仕事の一環で付き合ってほしいと言えば、遠慮しないだろう」

一日ほど帰省を考えていたが予定変更だ。沖縄の離島へ行き、オープン間近のホテルを視察しつつ、別のホテルに宿泊したって問題ない。

「今日の明日じゃ受け入れる側も難しいだろうな。明日飛んで、明後日に視察に行くと連絡しておくか……だが問題は瑠衣子が行きたがるかどうか」

嫌だと言う可能性もある。静の方もむしろずっとこの部屋に匿って、閉じ込めておきたいと思うが、せっかくの連休がもったいないとも思う。

「やはりまずは本人に聞いてからにしよう」

チケット購入を保留にし、彼は太一へ電話をかけた。届けてもらった洋服のお礼はすぐにメールしておいたが、直接電話で伝えるためだ。少し苦情も言いたかった。

『もしもし、静ちゃん？　夜は盛り上がった？』

「礼を言いにくくなることをしょっぱなから言うな。彼女から白い目を向けられたぞ」

『あれ、セクシー系のランジェリーって好きじゃなかったっけ』

「待て、なんで俺の好みを知っているかのように言うんだ？　そんなこと言った覚えはない」

『黒のレースを好まない男なんているの？　清純派の彼女を妖艶なレディに変身させる魅惑ランジェリーなんて男のロマンでしょ。ブラに機能性はないけれど、高級レースを使っているから付け心地は抜群だし視覚的にもおいしいよ』

さらりと自分の性癖を混ぜながら話されても反応に困る。そして言っていることに同意できてしまうため反論もできない。

しかしよく考えると意中の相手が自分以外の男が選んだ下着を身に着けるのは、少々……いや、かなり気に食わない。

「下着は送り返す」

『え、なんでいきなり怒ってるの？　いつも清純派なお嬢様系ばかりと付き合ってるからてっきり刺激が欲しいんだと思ってたんだけど、彼女怒っちゃった？』

「俺の元カノ事情は忘れろ」

照れて真っ赤になるような反応が楽しめるだろうと思っていたのだろうが、あいにく瑠衣子はそういう女性ではない。

『っていうか、必要だから頼りにしてくれたんじゃないの？』

そうなのだが、気が変わった。理不尽なことを言っている自覚はあるし太一が悪いわけでもないのだが、ここは譲れない。

「服に関しては、驚いてはいたが気に入っていたようだった。それはありがたく使わせてもらうが、下着はダメだ」

『へ～珍しい。独占欲っていうか、静ちゃんが嫉妬？　愛しい彼女の下着は自分で選びたいんだ』

電話越しに聞こえる声で相手の表情が推測できる。絶対ニヤついているに違いない。

だが、これが嫉妬だと指摘されると否定できない。あまり人にも物にも執着を抱かない性質だと思っていたが、彼女のことになると、ことごとく今までの自分が覆される。

『静ちゃんがそんなにハマッた女性がどんな子か気になるな。今度会わせてよ』

「結婚式には呼んでやる」

『うわ〜……なんかゾワッて来た。静ちゃんがご執心とか怖いっ』

「失礼な奴だな」

こんな軽口を叩ける相手は限られている。学生時代から変わらない、何でも口に出す彼の性格は好ましいし安心する。だが、実は振られまくっていると言うのはやめておこう。話が面倒くさくなる。

『送り返されても困るからそっちで処分していいよー』

そう最後に締めくくられたので、結局は静がそのまま引きとることになった。

「そういえば、すでに彼女に渡している下着を返せと迫るのもどうなんだ?」

それこそドン引きされるだろう。

……どうやら少し、自分も酔っている気がする。

そもそも、あげたものを返せと言うのは人間的に小さい。それならば太一があげたものを選ばせないように、選択肢をたくさん与えればいいと思い至る。

しかし堂々と買い物に行くのはお預けになるだろう。

酔いを醒ますため、水のボトルを取りに冷蔵庫へ向かう。中からミネラルウォーターを取り出してグラスに注いでいると、スマホがメールの受信を知らせた。

興信所から届いたメールに目を通し、ロックする。その目は先ほどとは違い、無意識に険しいものになる。

「実家で大人しくしてくれていればいいんだが」

無害を装う草食動物の本性が残酷かもしれないことを、人はそう簡単に見抜けない。

自衛のために敵の動きを把握する。

あの男がどんな心境で何をしているのか、まるで興味はないが知らずにはいられないのだから。

◇◇◇

「う……っ、頭痛い……」

飲みすぎで頭痛がする。完全に二日酔いだ。しかも瞼が重くて開けにくい。これは確実に腫《は》れているだろう。そう思い、洗面所の鏡を見た瞬間、瑠衣子の眠気は綺麗に吹き飛んだ。

「誰！　……って、痛っ……あ」

自分の声が頭に響く。金づちで脳をノックされているようなズキズキした痛みに眉をひそめて、洗面台のカウンターに両手をついた。

顔がむくんでパンパンだし瞼は腫れているし、とてもではないが鏡を直視できない。久しぶりに泣きはらした顔はブサイクすぎて、化粧で隠せるレベルではなかった。

「記憶も飛んでればいいのに……どうして中途半端に酔うのかな〜」

昨夜の出来事をはっきり覚えている記憶力の良さが恨めしい。お酒は飲んでも飲まれるなと自分に言い聞かせて嗜《たしな》んでいたのに、箍が外れたようにグラスを空けてしまった。

出されたワインがおいしかったというのもある。それにトロッと蕩けたチーズとうまみがたっぷりつまったトッピングのピザも絶妙においしかったし、揚げ物のサイドメニューも良い味付けでビールが進んだ。摂取したカロリーは思い切って忘れることにする。

ひとりでは食べきれない量を頼んだこともあり、視覚的にも楽しく、つい酒量が制限できずに欲望のまま飲んで食べてを繰り返し——挙句の果てに映画を観て号泣だ。

「いい大人が上司の家で泣き顔晒すとか、恥ずかしい……」

出会った直後にもっと恥ずかしい姿を曝け出していたのは静の方だが、あいにく瑠衣子は昨夜の醜態で頭がいっぱいだった。頭痛が思考を妨げている。

反省点は多々あるし、今にも奇声をあげたい気持ちだが、とりあえず人前に出られる顔にしなければ。

幸いここのゲストルーム内にはバスルームがあり、ここから出ない限り家主とは顔を合わせなくて済む。ハンドタオルなども完備されているので、とても助かる。

水に濡らしたタオルを目に当てるが、身体は水分を欲しているようだった。

「二日酔いも頭痛の原因も水分不足から来ているんだったかしら」

ベッドの隣のナイトテーブルにはペットボトルの水が置かれてあった。これを用意したのは静だろう。そしてベッドに寝かせてくれたのも彼しかいない。

――ヤバい、どれだけ迷惑かけてるの。

恥ずかしいし顔がブサイクだし心の奥がざわざわするし頭が痛い。コンディションは最悪だ。世話をかけまくっていることも申し訳ない。

「ああ、もう……昨日をやり直したい」

彼の腕の逞しさや体温や匂いを思い出してしまう。嫌いじゃないと言った昨日の自分を平手打ちしたい気分だ。

「何が、嫌いじゃない、よ。そんな告白みたいなことを」

居候をしている状況で告白なんてしたら、彼を利用している女みたいではないか。

無意識に人肌に触れたくなった酔っぱらいの行動力が怖い。

もっと大胆なこともしでかしているのに、異性に甘えるという行為をしたのは恐らくあれが初めてだ。

どんな顔でこの部屋を出て彼に会ったらいいのだろう。少なくともこの腫れぼったい顔では会いたくない。

どうでもいい相手にならどんな顔を見られても気にしないのだから、見られたくないと思っている時点で静を意識しているのを認めなくてはならない。惹かれていることも事実だ。

静のことは嫌いではないし、彼の傍は居心地がいい。けれどこの気持ちがはっきりと恋愛感情に変化するには、もう少し時間が必要だった。

「シャワー浴びてこよう。少しはすっきりするかも」

ペットボトルの水を半分ほど飲み、ユニットバスを使用する。ぬるめのお湯で全身を清めれば、頭の痛みは幾分か和らいだ。

用意していたタオルを身体に巻き、静がくれたお泊まりセットの基礎化粧品を使って肌をケアした。瞼の腫れはまだ完全には引いていないが、蒸しタオルを当てて血行を促進させる方法も効果的だったはず。冷やすのがいいとも聞くが、逆に温めるのもいいのだとか。

今日も一日室内にいたい。料理以外の家事で手伝うことがあれば、積極的にやるつもりだ。

だがその前に――。

「しまった、いただいた洋服はリビングだわ」

着替える服を持ってきていなかった。

自宅ならタオル一枚で移動することも恥ずかしくないが、静の部屋でこのままリビングへ向かい、もし彼に遭遇でもしたら痴女みたいではないか。自分から襲ってほしいと言っているのと変わらない。

「私にも恥じらいっていうもんが――」

……あっただろうか。

男を押し倒し、気持ちよく喘がせることもノリノリでしていたではないか。

すでに深い仲になった後。恋人にはなっていないが、冷静に考えれば一度肌を見せたことのある相手にタオル一枚の姿を見せるぐらい恥じらうことでもないように思える。

「ま、いいか。荷物だけとってくれれば」

溜息ひとつ落とし、しっかりとバスタオルの袷を胸元に押し込んだ。濡れた髪はそのままにしてゲストルームの扉を開いたところで、ちょうどノックをしようとしていた静と鉢合わせる。

お互い、思いもよらないタイミングに目を見開いた。

「……シャワーを浴びてたのか」

「ええ、頭をすっきりさせようと思って……」

上から下まで眺められるといたたまれない。

タオル一枚の姿を見られても問題ないと思っていたのに、じっと見つめられるとじわじわと体温が上がってくる。少し熱っぽい視線を感じ、瑠衣子は羞恥心を押し殺して尋ねた。

「着替えを取りたいので通してくれます？」

――しまった、ついかわいげのない言い方を。

もっと先に言うべき言葉があったはずだ。おはようございますとか、昨日は迷惑をかけてすみませんとか。

迷惑なら現在進行形でかけているため尚更もっと言葉を選ぶべきだ。

静は「待ってろ」と言い、踵を返したがすぐに戻ってきた。昨日贈られた洋服の紙袋を手に持って。

「……着替えが終わったら話がある。あと、蒸しタオルとアイスパックはどっちがいい？」

「……では、冷やすほうで」

「わかった。用意しておく」

扉が閉まり、着替えが残った。持ってきてくれたのはありがたいが、瞼の腫れに気づいた後の彼の問いかけには少し驚いた。

外見からして女性に尽くすイメージはなかったのだが、静は甲斐甲斐しく世話を焼きたがるし、面倒見もいい。そしてよく気づく。

「俺様なのに根は優しいなんて。女性社員が知ったら、余計専務の株が上がるわ」

スペックが高すぎる。彼に口説かれていたとき、いくつかアピールポイントを言われたが、家柄も社会的地位も容姿も財産もすべてある上に女性に優しいなんて、欠点がないように思えてきた。

「ダメだ、考えるのはよそう。今は先に着替えないと風邪ひいちゃう」

比較的シンプルな下着を選び、コットンのカジュアルワンピースを身に着ける。普段の瑠衣子はお手頃価格の日本ブランドの部屋着とカップ付きキャミソールがあれば十分なのだが、恐らく今は、それが十セット購入できる値段の服を着ている。やはりセレブの感覚には到底慣れそうにない。

手早く髪を乾かしリビングへ向かうと、タオルに包まれた保冷材のアイスパックが二つ用意されていた。あの後すぐに用意してくれたのだろう、ほどよく解凍されている。

「ソファに横になってこれで目を冷やしておけ。楽になるはずだ」

「わざわざありがとうございます。あの、昨日も迷惑をかけちゃって……ベッドに移動した記憶がないから、専務が運んでくださったんですよね？」

「名前、戻ってるぞ。忘れたのか？」

「……静が、運んでくれたの？」

言いなおすと彼は満足そうに頷き、昨日も座っていた一人掛け用のソファに腰をかけた。

瑠衣子は、静に言われた通りソファに寝そべって瞼を冷やすことにした。

「別に運ぶくらい問題ない。むしろ役得だから気にするな」

「重かったでしょう？　腰痛めてないですか？」

「大丈夫だ。腰はいくらでも使えるから遠慮しなくていい」

――別の意味も混ざっている気がする……。

ここで指摘すると面倒なのであえて追及しないが。

目を閉じたままアイスパックを目に当てる。ひんやりとした冷たさが心地よい。

しばらくの間、そのままの体勢で昨日の醜態を思い出しては反省していたのだが、瑠衣子が落ち着いたのを見計らい、静が本題に入った。

「起き上がらずにそのまま聞いてくれたらいい。……昨日、瑠衣子の部屋に入らせてもらった」

「え？」

「昨日の朝、独断で部屋を検《あらた》めさせてもらった。君のバッグから鍵を拝借して。部屋に帰れないと言って怯えていたのが引っかかったから、瑠衣子が寝ている間に雑賀に託した。事後報告ですまない」

「いえ……すみません、ご迷惑をかけて」

無駄に有能で行動力のある上司が勘づかないわけがない。瑠衣子が怯えて家に帰れない理由を。

部屋に何か仕掛けられているんじゃないかと思うのは当然だが、雑賀が部屋に入った可能性を考えると頭を抱えたくなる。

——ヤバい、部屋どうだったっけ？　下着とか干してなかったかしら。

シンクの中には朝ごはんを食べた食器がそのままになっている。すっかり忘れていた日常を思い出し、ゆっくり避難生活をしている場合ではないのではと思い始める。

「ちなみに雑賀さんが私の部屋に入られたんですか？」

「いや、立ち会いはしていない。雑賀の昔からの知り合いで信頼できるプロの業者に依頼して報告だけを受けている。あいつも会社の業務があるからな」

なるほど、それなら……。少し安堵した。会社の人間に散らかった部屋を見られるのと見知らぬ人に見られるのでは精神的ダメージが違う。

だが本題はここからだった。

「依頼したのは君の部屋に不審なものが仕掛けられていないか調べることだ。何もなくても、瑠衣子を部屋に一度帰宅させてから引っ越しを促そうと思っていた。もしストーカーに自宅の住所を知られているのなら、一刻も早く引っ越さないと部屋に押しかけられる可能性があるからな。だが……」

嫌な予感は的中するものだ。瑠衣子は目をアイスパックで覆い隠したまま、彼が紡ごうとしていた言葉の続きを言った。

「仕掛けられていたんですね。盗聴器だけですか、それともカメラも？」

「……両方」

「どこに？」

報告書を読み上げるように淡々とした静の低い声が響く。

「リビングのテレビの裏や室内灯が主だそうだ。コンセントに差し込む三穴タイプのものではなく、内部に仕掛けるものがリビングと寝室に、合わせて四つ」

瑠衣子の暮らす1LDKの部屋はオートロックの単身者用マンションだ。セキュリティ重視で選んだため、一月の家賃は瑠衣子の給料の約半分を占める。桐生家から慰謝料として渡されたお金は入院費に使った以外は手をつけておらず、節約しながら立地条件のいい部屋に住んでいた。

七畳ほどのリビングに六畳の寝室。一人暮らしなら十分な広さだが、盗聴器を四つも仕掛ける必要はない狭さでもある。

それだけ執着されているということだ。気持ち悪いほどに。

「それで、隠しカメラはどこに？　玄関にひとつ、リビングに二つ、クローゼット前にひとつと、浴室とトイレの換気扇の中？」

「……知っていたのか？」

「以前のパターンから予測しただけですが、……すごく気持ち悪い」

そうだと断言されたわけではないが、静の口調からその予測が当たったのだとわかる。

換気扇の中にまで仕掛けられていたということは、つまり入浴中の姿もあの男に見られていたということだ。トイレの中までと考えると、吐き気がする。

——いつから？　どこまで監視されていたの？

あの男が帰国した後に自ら仕掛けたのか、それともそれより前から興信所を使い居場所を調べさせて、部屋に侵入されていた可能性もある。

どちらにせよ、考えるだけで頭痛が増した。

ズキズキと鈍い痛みがこめかみの奥を刺激する。それと同時に体温が下がり身体が冷えてきた。冷やしているのは目だけなのに、手足の末端から冷えを感じる。

瞼を冷やしていたアイスパックを取り、身体を起こした。それをテーブルに置いて立ち上がる。

「瑠衣子？」

「お水を取りに。気持ち悪くて」

「待ってろ、今持ってくる」

キッチンへ向かおうとする瑠衣子をソファに座らせて、静が代わりに飲み物を取りに立ち上がった。心遣いが嬉しくて、それに甘えたくなってしまう自分を律する。

甘えていいと言ってくれたけれど、どこまで許されるのかわからない。ずるずると彼の優しさに依存してしまいそうで怖くなる。恋人でもない相手にここまで優しくされたら、絆《ほだ》されてしまうのも時間の問題である気がした。

だからと言って、やっぱりあなたと付き合いたいですとこちらから申し出るのも都合が良すぎるし、違うと思ってしまう。

彼のこまやかな優しさが麻薬のようになる前に、少し落ち着いたらこれからのことを真剣に考えないと。そして彼には事情も話さないといけない。すでに知られているけれど、自分の言葉で伝えなければ。

「水とコーヒーを持ってきた。ミルクもいるか？」

「いえ、大丈夫。ありがとうございます」

御曹司であり、会社の専務が自らコーヒーを淹れてくれる。女性社員が聞いたら敵意を向けられるだろう。彼の株は上がるだろうが。

冷たい水を少しずつ飲むと、胃からせりあがる気持ち悪さが幾分か和らいだ。頭痛はまだ時間がかかりそうだが、吐き気をこらえることができてほっとする。

そんな様子を見ていた静が心配そうな声で謝罪してきた。

「すまない、本当はもっと落ち着いてから話そうと思っていたんだが、ずっと部屋に戻らないわけにもいかないだろう。必要なものがあれば俺が取りに行くが、その前に実際に何が起こっていたのか当事者の君に聞かせておかないと、今後の対策が取れない」

「ありがとうございます」

真剣に自分のことを考えてくれているのが申し訳なくもあり、嬉しくもある。こんな面倒な女に関わってくれて、代わりに対応してくれる人はそうそういない。

コーヒーのカップを持ち上げて一口飲み込む。自宅で飲むコーヒーよりおいしいのは、高価な豆を使っているからだろうか、彼の腕がいいからだろうか。

——本当、誠実な人だわ。

事実を知らせずにいることだってできたはずだ。プロに部屋を検めさせたが何も仕掛けられていなかった、だがストーカーに住所を知られているのは危険だから引っ越しを検討した方がいい、とでも言えばいい。

しかし静は瑠衣子がそれを望まないことがわかっていたのだ。嘘を言わずにありのままを伝え、その上で対策を練る。守られているだけではなく瑠衣子自身が考え、動くことができるように。

ただ囲って危険なものから守るわけではない。瑠衣子がそういう存在になりたくないとわかっていて、瑠衣子の意思を尊重し、確認しようとしてくれる。言葉が通じない宇宙人の桐生とは雲泥《うんでい》の差だ。

「静」

ぽつりと小さく名前を呼んだ。この名前が特別なものに変わるのに、時間はかからないかもしれない。

「どうした？」

瑠衣子の様子を窺う彼は優しくて慈愛に満ちた眼差しをしていた。その彼に不誠実な真似はしたくない。嘘をつくことも。

ひとつずつ本心を言葉にして伝えたい。

気持ちを言葉にするのは怖いけれど、もう逃げずに過去を乗り越えたいから。

かつての自分とは違って、味方になってくれる人がいる。それなら事情もきちんと話さないと相手に失礼だ。

「つまらない話かもしれないけれど、聞いてくれますか？　あの人と何があったのか」

「……つまらないなんてことはない。もちろんだ」

瑠衣子は心の奥に閉じ込めていたあの頃の記憶を呼び覚ました。

「……桐生先輩は大学のひとつ上の先輩で、私の元恋人で、ストーカーだった人です」

ストーカーに怯えていた自分の相談相手になってくれたのがきっかけで恋人になったこと。そして別れを切り出した直後に背中を斬りつけられたこと。そもそも彼がストーカーであったこと。

要約すれば十分にも満たないが、それを誰かに話したのは初めてで、思った以上に気力がいった。

「……今ではフラッシュバックを夢で視ることもなくなったけれど、社会人になって仕事が忙しくなるまでは、熟睡もできなかった」

「今も眠れないことがあるのか？」

「静の家は居心地がいいから、安心してゆっくり眠れてるわ」

微笑みかければ、彼の眉間の皺はわずかに薄れたが、拳を強く握りしめたせいで指先の血の気が失せていた。あの男に対して怒りを抱いているのが伝わってくる。

「一体私の何が彼を引き付けたのか、未だにわかりません」

先日の様子からも、桐生がまだ執着と狂気を抱えているということはわかる。八年経過した今も消えることがないほどの愛とは一体どういうものなのだろうか。

——理解なんてきっと一生できないわ。

彼の中では瑠衣子は今も愛しい恋人のままなのだ。

自分が犯した罪も、二度と目の前には現れない誓約も忘れている。そもそもその誓約に彼が納得しているかも怪しい。彼の両親がそう交わしただけかもしれない。

「サイコパスの考えることなど常人にはわからなくて当然だ」

静が苦々しい口調でそう言い切った。

——自分と同じ考えを持っている人がいると安心するわ。

居心地がよくて当然なのかもしれない。考え方が似ていればストレスはかかりにくい。

「瑠衣子の家はオートロックのマンションだが、確か入り口には監視カメラがなかったな。いくつかセキュリティに甘い点がある。プロを雇って侵入したんだろう」

「本人が入ったのではなくて？」

「その可能性も捨てきれないが、完璧に仕掛けるならプロの手がいる。桐生はどちらかというと雑な仕事はしないように思える。金には困っていないはずだから、プロを使えるところは使うだろう。その後は単独で動きそうだが」

黙り込んでしまった静を見つめる。職場にいるのと同じような渋面で、何やら考えこんでいるようだ。悩ませているのは申し訳なく思うが、彼が自分のためにここまで考えてくれていると思うと、胸の奥がほわっと軽くなった。思わず笑みが零れる。

「どうした？」

「こんなときにごめんなさい。でも、今まで私が頼れた男性は、父と弟だけだったの。だから、あなたが私のことを考えて動いてくれているのが嬉しくて」

そんな家族も瑠衣子がストーカーの被害に遭っていたことは知らない。離れて暮らしている彼らに心配をかけたくなかったから黙っていた。

――でももし兄がいたらこんな感じなのかしら？

そんな心の声を感じ取ったらしく、静が少しムッとした口調で言う。

「まさか兄がいたらこんな感じだろうかとか思っているんじゃないだろうな」

「え？　いえ、あの……」

「俺は君を妹だと思ったことはない。ちゃんと下心があって、君を自分だけのものにしたいと思っている」

「っ！」

――なんて直球な返しを。

己の欲をごまかそうともしない本音をぶつけられれば、心構えをしていなかった瑠衣子は受け流すことができない。顔に熱が集まり、今更ながらにすっぴんを晒しているのが恥ずかしくなった。

「あの、あまり見ないで」

「何故。俺はもっと瑠衣子が見たい」

「化粧してないですし」

「昨日もしていなかっただろう」

そうなのだが、昨日は余裕がなかったのもあるし、そもそもノーメイクの顔を晒すのを恥ずかしいとは思わなかったのだ。

だから今、素顔を見られるのが嫌なのは、静を男として意識しているからなのだが、それをはっきりと言葉にしてしまうのはまだ怖い。

後戻りできないほど相手に心を許してとっぷり浸かって、もし裏切られてしまったらもう立ち上がれなくなってしまう。

絶対に裏切ったりしない、最後まで自分の味方だという確信が持てるまで、相手を好きだと思えないのかもしれない。そんな臆病な気持ちが心の奥底に沈殿していた。

「少しは俺を意識しているようだな。だが昨日も言ったように、俺は瑠衣子の嫌がることはしないし君の許可が得られるまで触れることもしない。まあ、ベッドに運びはしたが」

俺は君を裏切らない――。彼がそう真剣に伝えているのがわかる。

「恥ずかしがる瑠衣子を観察するのも楽しいが、今後のことを話し合おう。つまり、連休中の過ごし方だが……。俺は都内を離れてリフレッシュしたらいいんじゃないかと思う」

「え、私も一緒に？」

「当たり前だろう。一人旅は嫌いではないが何故君を自宅に置いてひとりで旅行しなければならない」

「元々ゴールデンウィークの予定が入っていたのでは？」

「一日くらいは実家に顔を出そうかと思っていたが、特に予定はない。君は何か予定を立てていたのか？」

「私も掃除したり買い物したり、ゆっくり過ごす予定だったので特に何も」

どこも混んでいるだろうから出かける気にはなかなかならない。

「以前から開発を進めていた離島に、オープン間近のホテルがあるんだが、そこでのんびりするのはどうだ？」

「離島ですか」

さすが御曹司、休暇の過ごし方もスケールが違う。

「離島という響きはとても魅力的だけれど、私はこのまま部屋で過ごせたらそれでいいです。空港も人が多いでしょうし、今は静かに過ごしたいです」

「そうか、わかった。それならうちでゆっくりしたらいいし、出かけるなら近場にしよう。自宅へ戻りたければ俺も同行する」

「ありがとうございます」

もう何度彼にお礼を言っただろう。

彼といると恐怖が薄れ、安心感に包まれる。

その後は、日曜日までの過ごし方を彼と話しながら、お昼時を迎えた。

◇◇◇

『瑠衣子、もしかして風邪でもひいた？　大丈夫？』

電話の相手は月曜の夜に会ったきりの怜奈だ。合コンをした後にチャットアプリにも連絡が入っていたようだったが、いろいろありすぎてスマホを見る余裕もなかった。連休初日の夜にようやく落ち着いて確認することができたが、あの日合コンをしてからまだ二日しか経過していないというのが驚きだ。

チャットに返信した直後、怜奈からすぐに電話がかかってきた。

心配をかけてしまったことが申し訳ない。

「あー……うん、ちょっと珍しく寝込んじゃって。でも今は落ち着いてきたから大丈夫よ」

火曜日は会社を休んでいた。それなら風邪ということにしておいた方が都合がいい。体調不良なら連休中の飲み会や遊びのお誘いも来ないだろう。

『心配したんだよ〜。合コンのあと、急に男に連れ出されたとか言うからさ』

「え？　言うからさって、誰が？」

ドキリと心臓が跳ねた。

店の前で立ち話をしていたとき、怜奈はもう駅に向かっていたはずだ。その場にいたのは瑠衣子と意気投合した男性。静が突然乱入し、気圧されていたが彼は大丈夫だっただろうか。

——えっと、名前が思い出せない……。名刺交換したはずなんだけど……。

記憶を辿り思い出そうとしていると、怜奈があっさり『寺田さんよ』とばらした。

「そうだった、寺田さん。悪いことしちゃった。私、すごく感じ悪かったわよね」

有無を言わさず静に連行されたから、謝罪の一言も言えなかった気がする。

あの夜、寺田のことは好きになれそうだと感じていた。誠実で真面目で少しかわいい年上の男性。けれどたった数日で名前を忘れ、存在も忘れてしまっていた。なんとも失礼な話である。

——つまり、そこまで惹かれていなかったってことよね……。

きっと恋は、「好きになれるかもしれない」と思ってするものではないのだ。もちろん付き合ってから相手を好ましく感じて恋心が芽生えることだってあるだろうが、瑠衣子の場合はそうではなかった。そもそもあの時点で瑠衣子には惹かれている相手が他にいたのだ。

「あれ、怜奈、もしかして寺田さんと連絡先交換したの？」

てっきり各々好きに駅に向かい、解散したのだと思っていたのだが、彼から聞いたということはそういうことだろう。

『いや〜たまたま駅のホームで電車を待ってたら、寺田さんと帰りの電車が一緒だったのよ。私その前にコンビニ寄ってたから、ちょうどタイミングが合ったみたいで。何やら落ち込んでいるし、さては瑠衣子に振られたんだなって思って声をかけたら成り行きで二次会に行くことになって』

「月曜日だからほどほどにするんじゃなかったっけ？」

『お酒は飲んでません。偶然家が隣駅で、うちの駅前のバーでソフトドリンクを飲んでただけよ。超健全』

なるほど、そこで聞いたのか。どういうふうに聞いたのやら。

『男前な専務が現れて目の前で掻っ攫われましたって言ってたんだけど、本当？』

――あ、言い逃れできない。そういえば専務って言ってたような……。

まだ、彼との関係は誰にも教えるつもりはなかった。恋人でもない、けれど親密な関係。

そんな微妙な状況を彼女に伝えても心配させるに違いない。

「家まで送ってってくれただけだから」

ただし送られた先は専務の家で瑠衣子の家ではないが。

『ふ～ん？』と納得していない声がスマホ越しに響く。

だがこれ以上瑠衣子が答える気はないと察したのだろう。怜奈はすぐに引き下がった。

『まあ、困ってないならいいわ。何かあったら私も頼ってよね。男には頼るのに親友には頼らないなんていうのはナシよ』

「……うん、大丈夫。ありがとう怜奈」

今はまだ言えないことが多いけれど、すべてが片づいたら彼女にも事情を説明しよう。

そのとき、専務との関係がどうなっているかわからないけれど、少しでも明るい未来を引き寄せたいと思った。


緩やかに時間が過ぎ、木曜日の朝。瑠衣子は一度自宅に戻る決意を固めた。

「いい加減シンクの洗い物が気になるし、あと洗濯物も確か溜まっていたので」

「わかった。ではすぐに支度しよう。近くに駐車場はあるか？」

「ゲストパーキングの場所はありますので、大丈夫かと」

車で送ってくれるという言葉に甘えて、自宅へ帰る支度をする。

だが、瑠衣子のバッグを持った静が怪訝な顔を向けてきた。

「なあ、前も思ったんだが、重くないか？」

「鍵を探したときに中を見たのでは？」

「鍵は内ポケットにクリップで留められていたからすぐに気づいた。あまり女性のバッグの中身をじろじろと見るのは良くないだろう」

確かに、瑠衣子はクリップ型のキーアクセサリーに自宅マンションの鍵をつけている。内ポケットに挟んでいるので、すぐに取り出せるから便利なのだ。

静の心遣いに感謝しつつ、瑠衣子はトートバッグをがばりと開き、大き目のポーチを出した。それを彼に手渡すと、ずっしりとした重みに首をひねっている。

「メイクポーチにしては重いな」

「中見ていいですよ」

そう言うと、静は少しためらいつつも丈夫なナイロンポーチを開ける。中から出てきたのはスプレーボトルや小型の電子機器類など様々な道具だ。

「防犯ブザーにスタンガンだな。それに、ＩＣレコーダーと……このボトルは何だ」

「催涙スプレーです。あとそっちの小さいのは手作りの目つぶし用のスプレー。唐辛子やコショウなどが入ってます」

自分を守るために持ち歩いているグッズだ。これがあるので、少しは安心して出かけることができていた。いざという時に使えないと無意味だということを桐生との遭遇で気づかされたが。

「持ち歩くのは大事だが、ポケットに忍ばせていないと使えないな」

普通でない量なので、さすがに引くのではないかと思ったが、静はしげしげとそれらを眺めている。

もっと他にも使える護身用グッズがないか調べるとまで言い出したが、「いや、それを使わなくて済むように不穏な輩は即刻排除しよう」と言いなおした。頼もしいけれど、一体何を企んでいるのか瑠衣子には見当がつかない。

「私は誓約書を持って弁護士の先生に相談します。向こうから近づかないと言って示談を申し込んできたのだから、誓約が破られたことを抗議するわ」

「その誓約書は自宅にあるのか？」

「ええ、ファイルに綴じてあるはず」

「それは、早く確認した方がいいな」

静が言わんとすることに気づき、瑠衣子の表情も歪んだ。

まさかとは思うが、盗聴器や盗撮カメラはついでで、あの男はその誓約書を盗みに入ったのではないか。

――まさか……ね。

しかし最悪な予測ほどよく当たる。

数日ぶりに自宅へ戻った瑠衣子は窓を開けて換気をしようとしたが、まずカーテンを開けようとしたところで静にやめた方がいいと制された。どこで誰がこの部屋を監視しているかわからない。カメラが撤去され盗聴器まで消えていることも、相手は気づいている。そして瑠衣子が数日以内に帰宅することも。

「重要な書類が入っているのはそのバインダーの中か？」

マンションの契約書から家電製品の保証書に健康診断の結果などをひとつにまとめてファイルしている。時系列にまとめられたファイルをめくってみたのだが……八年前のあの事件に関する書類は何ひとつ残っていなかった。

「嘘、本当に消えてる……どこにもない」

「本当の目的はこっちだったのかもしれない。瑠衣子、そのバインダーに指紋が付着している可能性がある。俺の実家に持っていけば指紋採取ができるが、借りてもいいか？」

「構わないですけど……普通、自宅で警察の鑑識の真似なんてできませんよね？」

「気にするな。深く考えたら負けだ」

何に負けるんだろう。

だが彼の言う通り深く考えないことにする。古くから続くお金持ちの家は、一般人の瑠衣子の考えなど及ばないほど特殊で、秘密も溢れていそうだ。

「ちなみに蔵や隠し通路の奥に金庫があったり、屋根裏に忍者が住み着いてたりします？」

「蔵も隠し通路も金庫もあるが忍者はいないぞ」

「冗談です」

「昔はいたらしいがな」

「冗談ですよね？」

今が笑えない状況だから明るくさせるためにからかっているだけだと思うが、彼は含み笑いをするだけでその話題をさらりとかわした。

「外国人の訪問客が言うにはうちの実家には夢とロマンが詰まっているそうだ。まあ、古いだけだがな。とりあえずスーツケースに必要なものを詰めて持って帰るぞ。後は処分するかまとめてうちに送るとしよう」

「え？　ここの荷物全部？」

「家電やソファなどはリサイクルショップで引きとってもらうか、うちの倉庫に持っていくかだな」

リサイクルショップで売って手放してしまったら、その後瑠衣子はどこで生活をすればいいのだ。

一時的な居候の身だと思っていたが、静の認識と微妙なズレを感じる。

「私の引っ越し先は専務のお部屋で確定ですか？」

「九割九分確定だが、どうしても嫌だと言うなら譲歩してもいい。関連会社の不動産屋に空き部屋を調べさせる」

鳳グループは不動産業も扱っている。瑠衣子の目が少し遠くなった。

「私、男性から部屋を紹介されても、もう安易に飛びつかないと決めているので、それは結構です」

「賢明な判断だ。俺以外の男から紹介された物件はすべて断れ」

つまり瑠衣子には選択の余地がないということだ。そこで改めて確認する。

「ゴールデンウィーク限定の居候ではなく同居人に昇格させていただけると？」

「同居人どころでなく、いつでも同棲中の婚約者に昇格させてやる」

「……それについては保留で」

同棲という響きがむず痒い。

少しだけ真面目にその未来を考えているのは、瑠衣子の表情からバレバレだろう。

「同居人なら家賃はどうしますか？　数日間お世話になるのとは訳が違いますから、家事だけというのも……」

「家賃は別にいらない。あのマンション自体がうちの不動産だからな。料理を作ってくれるだけじゃ瑠衣子の気持ちが収まらないのであれば、何か別の条件も考えるか」

――都内の一等地にあるタワーマンションが鳳家の不動産……。

そうなんだろうなとは思っていたが、改めて言われると本当にお坊ちゃんなのだと実感させられる。家賃収入だけですごい金額になるだろう。

ひとまず、条件の話は後で考えるとして、先に部屋の片づけをし、荷物をまとめることになった。

通勤用の服や私服に下着、メイク道具一式やスキンケア用品、靴も忘れずに持っていく。スーツケースひとつだけでは足りず紙袋に靴を数足入れて、準備ができたのはお昼過ぎだった。

長期旅行に行くような気持ちで荷物をまとめ、冷蔵庫の中身も綺麗にした。大した食料は入っていなかったので生ごみの量は少なかったが、冷凍食品は紙袋一袋分あった。

「これは溶けるからうちの冷凍庫に入れておかないとだな」

「そうですね、入るといいんですが」

「スペース的には問題ないと思うが、いつも冷凍食品を食べてるのか？」

「いつもじゃないですけど、作るのが面倒なときに。静は冷凍食品ってお口に合わないですよね？」

「食べたことがないからわからないな」

——うん、予想通りだった。

コンビニでおにぎりを買ったことも恐らくないだろう。コンビニには行くらしいが。

「最近の冷凍食品はとても優れてるので、たまには試食気分で食べてみてはいかがですか」

「そうだな、瑠衣子が食べるものには興味がある」

そんなたわいのない会話をしつつ荷物をすべて運び出し、二人はマンションを後にした。


その日の夜。瑠衣子は約束通り静に家庭料理を振る舞った。家庭料理とは言っても野菜が大量に採れるただの水炊きだが、静には新鮮だったらしい。

鶏ひき肉の団子に魚、豆腐、春菊、白菜やたっぷりのキノコなどを昆布だしで煮てポン酢で食べるだけなのだが、彼はいたく気に入っていた。今は、シメに雑炊にするかうどんにするかで悩みまくっている。

「鍋なんてまたいつでも作りますから、そんなに悩まず……」

「そうか。なら、今日は雑炊にする」

溶き卵を入れてみたいと言う彼に卵を割って溶いてもらい、出汁《だし》とごはんの入ったお鍋に流し入れてから蓋をした。

「そういえば、静のご実家ではお鍋とか……」

「ブイヤベースは鍋に入るのか？」

「……ちょっと違いますね」

お屋敷に料理長がいそうだ。一般家庭の味がよくわからないというのはそういうところから来ているに違いない。

雑炊まで綺麗にたいらげたあと、食後のお茶を淹れて一服する。二人でソファに仲良く座り、テレビを観ている状況は、よく考えれば瑠衣子にとっては非日常だ。それが日常化しつつあることが不思議な気分で、湯飲みを摑んでいる彼の手に自然と視線が吸い寄せられる。

大きくて骨ばった男性の手。あの優しい手は嫌いではない。温かくて何度も慰めてくれたのを知っている。

「どうした？　食後のデザートが食べたいっていう顔をしている」

「そんなに食いしん坊ではないですよ」

気分よく笑う顔も精悍さが損なわれない。目じりの下がった表情は甘くて、そしてどことなくかわいい……。

——かわいい？　このデカい男が？

ちょっと待て、思考回路がおかしい。

「瑠衣子？」

怪訝そうな声で名前を呼ばれてはっとする。

混乱していた瑠衣子は、今の思考を悟られたくなくて、慌てて話題を考える。

「えっと……、そうだ。条件決まりました？　家賃代わりの同居の」

「ああ、そうだったな。では……」

静が見つめてくる。じっと見つめられたまま考えられるのは居心地が悪い。

まだならまだでいいのだが、瑠衣子から切り出してしまったため聞きたくないとも言えない。端整な顔に見つめられること数十秒。彼はようやく口を開いた。

「毎晩一緒に寝てほしい」

「…………はい？」

それは、どういう意味で言っているのだろう。

ずいぶん直球な欲望をぶつけられたものだと思ったが、そういう意味ではなかったようだ。純粋に一緒に眠りたいという意味だと静が説明し始めた。

「性的な意味では君に触れない。もちろん色仕掛けは歓迎するが、服を着たまま瑠衣子の存在を確かめて眠りたい」

「私を抱きしめて寝たいという意味ですか？」

頷いた彼は、「無理強いはしない」と付け足した。

瑠衣子は断る理由を考えるも、その理由が思いつかない。彼の誠実さを知っているだけに、約束を破る真似はしないと信頼もしていた。

「瑠衣子が嫌だと思うことはしない。抵抗されたら触らない。触りたいときは口に出す」

――そういえば食材を買いに行ったときも手を握っていいかと尋ねてきたっけ……。

人前では恥ずかしいのでイヤだと断ったが、二人きりならいいという意味にもとられかねない。

「純粋に一緒に寝たいだけですよね？」

「そうだ。寝ている女性に悪戯をする趣味は持っていない」

「私、たぶんいびきもかくし寝言も言いますけど」

「人間なんだからいびきも寝言も言うだろう。俺はまったく気にしないしむしろお互いさまだ」

手ごわい。

――断る、理由が……。

考えること十数秒。瑠衣子はその条件を受け入れた。

かできなかった。

「わかりました」

「では早速今夜からだ」

声がうきうきと弾んで聞こえる。

よろしくお願いします、と言うのも何か違う気がして、瑠衣子は曖昧に頷き返すことし

ぎこちなさを感じたまま深夜になり、静に誘われるようにベッドへ向かう。キングサイズのベッドは大人が三人は悠々と眠れる広さで、多少寝相が悪くても床に落ちる心配はないだろう。

紺色のシーツと同じ色の枕をひとつ手渡された。

「ほら、君の枕だ。もう一個いるか？」

「いりません。っていうか、どうしてこんなに枕があるんですか。海外のホテルみたい」

ベッドに座りながらでもテレビを観やすいように、海外ではクッション代わりに枕をいくつも使う傾向がある。静の寝室にも、ベッドの前に薄型のテレビが置かれていた。リビングのものより小型だが、ベッドからの距離を考えれば十分な大きさである。

「腰が痛くならないためだろ」

「眠るだけなら必要ないのでは」

「そうだな、抱きしめるものが欲しいなら、枕より俺に抱き着くといいぞ」

「慣れるまでは遠慮しますね」

そっけなく返した瑠衣子に静は苦笑する。そしてナイトスタンドの明かりを少し落とした。

橙色の光は明るすぎず暗すぎない。寝る前にリラックスさせるために暗くしたのだろうが、瑠衣子はまだ眠れそうになかった。

「普段は真っ暗にして寝るのか？」

「ええ、そうですね……基本は。旅先とかだと少しだけ明るくして寝ます」

夜中に目が覚めたとき、慣れない部屋だと怖いからだ。目には眩しくない程度にして寝ている。

「寝る前の習慣は？」

「特には……リンパマッサージをするくらい？」

「ほう、どんな？」

「手で足の裏のツボを押したり、ふくらはぎと膝の裏、太ももの付け根までリンパの流れを意識してマッサージしてみたり。最近は麺棒《めんぼう》を使うこともありますよ」

「麺棒？　叩くのか？」

「叩くというよりもふくらはぎを重点的に、下から膝まで持ち上げるんですよ。脚の付け根まで老廃物を押し流す感じで」

簡単にむくみが解消されて、翌朝には足が軽くなっている。手でやるよりも楽だ。

「私のことよりも、あなたは？　寝る前はいつも何を？」

「そうだな、基本は文字を読んでいることが多い。娯楽小説もあれば海外の記事を読んだり、仕事相手の著書に目を通したりしている」

「それは……眠くなりそうね」

瑠衣子の本音に静がくつくつと笑った。

「ああ、文字が頭に入らなくなったら寝るんだ」

柔らかな低温が耳に心地よく響く。

彼の笑い声も落ち着いた話し声も次第に夢の世界へ誘うものに変わっていく。

「こんなふうに少しずつ、君のいろんなことを知れたらいいと思う」

そんなことを呟いた彼はどんな表情をしていたのだろう。

「私も……」と呟いた声は、心の中で言ったのか声に出していたのか自分でもわからない。

「おやすみ」と言われたのが最後。

瑠衣子はどっぷりと夢の世界に沈んでいった。

# 六章

彼と同じベッドで寝起きをするようになって早二日。前日の朝も気づけば彼に抱きしめられていたのだが、息苦しさや不快感はなく、むしろ安らぎを感じながら目を覚まし、瑠衣子はしばらくそのことに頭を悩ませる羽目になった。

そして今日の朝も同じように目を覚まし、心の中で大きく息をはいた。

――今日もよく眠れたわ。

彼の匂いに包まれたまま朝を迎えることは嫌ではない。悪夢を見ることなくぐっすり眠れているので、安眠効果があると思う。

匂いと体温と鼓動。それに腕の重みも嫌いではない。そろそろ本格的に自分の心に静が住み着いていることを認めるべきだ。

ゆっくりと視線を上げると、寝顔すら端整な静の顔が目に入ってくる。至近距離で見る彼は相変わらずの男前で、少し伸びた髭が新鮮に感じられた。

——男の人だもの、髭も伸びるわよね。

五股をかけていた元カレと朝を迎えたことは一度もないし、桐生は髭がほとんど生えない体質のようだった。

——静が髭を生やしたらどんな感じなのだろう。

生えていないほうが清潔感はあると思うが、野性味が溢れる彼の姿も見てみたい気がした。きっと目の毒だろうけれど。

「ん……っ」

「っ！」

寝ぼけたまま小さく声を漏らし、静がぎゅっと抱きしめてくる。掠れた声が色っぽくて、心臓がドクンと大きく跳ねた。

——無意識に人を抱き枕にして！

もぞもぞと身じろぎをすると、まるで子どもをあやすように、大きな手で背中を擦られ、ぽんぽんと軽く叩かれた。

その行動の意図はさっぱりわからないが、ますます密着することになり、瑠衣子は落ち着かない気持ちになる。

離れたいのに離れがたい。彼が起きてしまったら、この心地いい体温を感じられなくなってしまう。

そんな感情を抱いたところで、はっと我に返った。

――今のはナシ。寂しいだなんて思ってないわ。

だが「本当に？」と問われたらきっと口を噤んでしまう。

このもやもやとした感情が何なのか、もうすでにわかっている。認めてしまえたら楽なことも。

けれどどうやって自分の気持ちと向き合い、彼に伝えたらいいのか。

恋愛に不器用すぎて、考えるだけで頭がショートしてしまいそうだ。

「～～っ」

自分の気持ちを伝えるのは、勇気がいることだ。相手に対して本気になればなるほど、傷つくことが怖くなり、大きな勇気が必要になる。

静が何度も告白してきたときは、どうせ本気じゃないと思って取り合わなかったが、もしあの言葉が彼の本心だったなら、ひどく申し訳ないことをした。相手の気持ちを蔑ろにし、適当な理由をつけて断り続けるなんて、自分がされたら辛いどころの話ではない。

――だって本気だと思えなかったし、あの成り行きじゃ仕方ないじゃないの。

けれど、瑠衣子がここに滞在するようになってから、静が強引に迫ってきたことなど一度もない。「好きだ」の一言も言ってこない。桐生の一件で消耗した瑠衣子の負担になり

たくないと思ってくれているのだろう。自分の感情を押しつけるよりも瑠衣子の心を尊重してくれている。その気持ちは、彼の態度から十分伝わってきていた。

──ではもし今、あのときのように迫られたら？

静の言葉を聞き流すことなどできないし、適当な理由をつけて断るような不誠実な真似もしたくない。

むしろ、何かのきっかけと一欠片の勇気があれば、瑠衣子の方から彼に気持ちを伝えられると思う。

「静……」

彼のパジャマに顔をうずめたままぽつりと呟く。こんな些細なことでも心が満たされ、胸の奥から温かい感情が溢れてくるのだから困ってしまう。

──甘えてみたい、もう少し彼に。

まだ本心を口に出すことはできないけれど、その代わり、静の広い背中に回した腕に少しだけ力を込めた。

◇◇◇

「ゴールデンウィークも明日で終わりだな。連休というのは長いようであっという間だ」

瑠衣子の手料理を食べ終え、食後のお酒を楽しんでいるとき、静がそんなことを呟いた。明日の日曜日が終わったら、次の日は会社に行かなくてはならない。連休明けの月曜日は仕事が溜まっているのでいつもより忙しい。静は時折メールチェックをしていたようだが、それでも週明けにはうんざりするほどのメールが届くことだろう。そんなことを考えているのか、ウイスキーのロックをゆっくりと飲み進める静の顔には憂いが滲んでいた。

この数日間、瑠衣子は静に守られて、のんびりとした時間を過ごした。いつ現れるかわからない桐生に怯えることなく、家事をして、夜にはおいしいお酒を嗜み、優雅な空間でたわいのない会話をする。その日常がありがたかった。

自宅に保管していたはずの誓約書が消えていた件は、鳳家でバインダーの指紋を採取してもらったが、瑠衣子と静以外の指紋は確認されなかった。

盗聴器と盗撮カメラを仕掛けたのが、桐生透だという証拠も出ていない。いつでも鳳家の弁護士を通じて抗議する準備はできているが、決定的な証拠を摑むまで動けずにいるというのが現状だった。

常識を持ち合わせていない相手と真正面からやりあうのは得策でない。勝手に罠にはまってくれたら楽なのだが、あいにく桐生は頭は回るのだ。

連休中、瑠衣子は外に出ずに過ごせていたので、とても穏やかな気持ちでいられたが、この部屋を出たら早速接触してくるかもしれない。そう考えると心に重石が詰められた気分になった。

「明日は連休最終日だから、どこかへ行くか？」

「え？　外に？」

「そうだ。連休中ずっと家の中にいるというのもつまらないだろう？」

広々とした空間はとても快適だったたし、退屈なんてしていなかったが、彼は瑠衣子を気遣って、部屋から連れ出そうとしてくれているらしい。

確かに、そろそろ外の空気を吸ったほうが健康的だ。それに、彼とどこかへ出かけた思い出を作りたいという気持ちも湧いてくる。

気分が少し高揚した。声が弾むのを抑えて、冷静に返す。

「まさかそれってデートのお誘い？」

「そうだ」

はっきりと告げられると逃げ場がない。瑠衣子はわずかに息を呑んだ。

静はグラスを持ったまま瑠衣子に向き直った。カランと氷がグラスにぶつかる音がする。

清涼なその音が何かの合図になったかのように、漂う空気に色がついた。

「瑠衣子」

「……っ」

名前を呼ばれただけなのに、その一言に熱がこもっている気がする。それが気のせいでないのは彼の目を見れば明らかで、その強い視線に囚われてしまいそうだった。

目を逸らしたいのに逸らせない。不思議な引力を感じながら、全身の神経が研ぎ澄まされていくのがわかる。

カラン……、と氷が再び音を立てた。その音に気を取られた一拍後、膝の上に置かれていた手が彼の温もりに包まれた。

「君が好きだ」

「――！」

「少しでも俺の気持ちを受け入れてくれる気があるなら、この手を握り返してほしい」

真摯な声と眼差しに、冗談やからかいは見当たらない。

軽薄な告白とは違う。本心をぶつけられて、心臓が苦しくなった。

――どう返したらいいのだろう。手を握り返せば、それで自分は満足なの？

瑠衣子の視線が揺れたことに目ざとく気づいた静は、安心させるような笑みを浮かべた。

「心配しなくても、拒絶されたからといって瑠衣子をここから追い出すようなことはしない。もちろん君が俺から離れたいと言うなら、責任をもって信頼できる物件を探してやる」

「え……」

違う、そんなことを心配しているのではない。

瑠衣子は咄嗟に、空いていた方の手を彼の手に重ねた。

「――私は、ここにいたい。この場所が安全だからじゃない、あなたの隣が安らげるから、傍にいたいの」

気づいたときにはそう言っていた。

静は目を見開いた。黙って驚く彼を至近距離から見上げ、瑠衣子は初めて胸の奥に抱いていた感情を言葉にする。

「……嫌いじゃない、って言ったでしょう？　静の声も、匂いも体温も、大きな手で触れられるのも一緒に眠るのも、嫌いじゃない」

本当はもう答えが見つかっている。傍にいたいというのは、つまりそういう気持ちだ。しかし素直な気持ちを言葉にするのはとても難しく、勇気がいる。それを何度も言ってくれた静を心から尊敬する。

――どうしよう、心臓が痛い。

どんな言葉で伝えたらいいのだろう。緊張しすぎて呼吸が苦しい。

張りつめた空気に甘さが混じり、見つめられる眼差しが強すぎて逃げ出すこともかなわない。

「嫌いじゃない、か……」

吐息混じりに呟かれた声にドキッとした。そのまま鼓動が速くなり、体温が上昇する。

全身で彼の気配をとらえているのがわかる。

――こんなに優しくされてしまったら、ひとりで生きるのが辛くなるじゃない。

この温かな手で触れられないのも、彼に特別扱いされないのも、仕事だけの関係になるのも耐えられる気がしない。

心の中でいろんな気持ちがぐるぐる渦巻いている。それに気づいているかのように、静が簡潔に尋ねた。

「一度しか聞かない。俺のことが好きか嫌いか、どっちだ？」

「……っ！」

曖昧な答えは許さない、逃げ道なんて残してやらないと、獰猛な光を宿したその目が語っている。

――ああ、もう無理。

観念するしかない。気づいてしまったら後戻りなどできないのだから。

瑠衣子の喉が小さく音を立てた。

「――瑠衣子、俺に手を握られるのは？」

「……好き」

「俺の隣で映画を観るのは？」

「好き」

「一緒に食事をするのは?」

「好き」

「抱きしめられたまま眠るのは?」

「……好き」

「……俺のことは?」

静は満足げに微笑みを浮かべている。静の手の上に重ねていた左手は、いつの間にか、彼のもう片方の手に包まれていた。静の手に挟まれサンドイッチ状態だ。静の体温を感じることで、胸の鼓動はさらに速さを増していく。

瑠衣子の返事は、掠れた声で紡がれた。

「——す、き……、っ!」

握りしめられていた手を放され、強く抱きしめられる。全身を温かく包み込まれるような抱擁に身体の奥からじんわりと熱が込み上げてきた。

「ちゃんと聞こえたぞ。撤回はなしだ」

甘やかな声が瑠衣子の鼓膜を震わせる。

熱い吐息が耳をくすぐり、ぴくりと瑠衣子の肩が揺れた。だが逃がさないとばかりにさらに強く腕の中に閉じ込められてしまう。

「俺が好きなんだな?」

「す……、嫌いじゃないわ」

「瑠衣子」

名前を呼び、催促してくる。ひとつの答えしか受け付けないという意志が伝わってくる。

赤い顔を隠すようにして、瑠衣子は静を抱きしめ返し、呻くように言った。

「～～好きにならないほうが無理よ……！」

頼りがいがあって、思う存分甘やかしてくれて、辛いときに傍にいてくれる。少し変態だけれど、この育ちのいい俺様なフェミニストは、決して自分を傷つけることはない。そうわかっているから――。

「こんなに優しくされて大切にされたら、離れたくないって思っちゃうじゃない」

「放さないからそんなことを考える必要はない」

頭頂部にキスを落とされ、ぎゅっと抱きしめてくれる。言葉にならない安心感が、瑠衣子の頑なだった心を完全に溶かした。

嬉しい、愛しい、温かい。

何もかもが瑠衣子を包み込んでくれる。

それは心地いい眠気を誘うもので、瞼がとろりと落ちてきたのだが――。

「このまま、身ひとつで嫁に来ればいい」

――え？

パチリと目が開いた。

蕩かされていた思考に理性が戻る。甘い空気は少し消え、代わりに頭がクルクル稼働し始めた。

少し待ってほしい。さすがに結婚は性急すぎる。

驚く瑠衣子に、静は怪訝そうな顔で見下ろしてくる。

「何も驚くことじゃないだろう？　俺は何度も君にプロポーズしている。あの頃と今の気持ちは少し変化しているが、俺はずっと変わらず君と結婚したいと思っている。瑠衣子が好きで結婚したい」

「――ッ！」

この流れで、いやこの流れだからこそ、攻めてくるのだ。目の前の男が仕事ができる有能な男だというのを忘れかけていた。

彼は、瑠衣子が断らないと確信しているようだった。

好きだと自覚した相手から将来の約束をされるのはもちろん嬉しい。しかし正直、こんなにたくさんのことは同時に考えられない。恋人期間を楽しんでからでも遅くはないはず……。

「あの、まだ心の準備が……」

「無理強いはしない。指輪もまだ届いていないからな。だがそれが届いたら改めてプロポーズする。そのときは延長はなしだ」

——ああ、もう確定事項なのね……。

指輪のサイズを聞かれた記憶はないのだが、届いていないという口ぶりからして、注文済みのようだ。

どうやってサイズを知ったのだろう。眠っている間にこっそり調べることはできそうだが、触れたり見たりしただけでサイズがわかったなんて言われたら戸惑う。

——めちゃくちゃありえるけれど。

お金持ちが考えることは庶民にはわからないものだ。断られる可能性を考えていない自信も相当すごい。

真正面から、黒曜石のような双眸が瑠衣子をじっと見つめてくる。隠しきれない情欲の焔《ほのお》が目の奥に宿っていた。

それをまっすぐぶつけられ、一瞬、呼吸が止まる。

「君に触れる許可が欲しい」

嫌がることはしないと誓った彼は、こんなときでも律儀に許可を求めてくる。

その誠実さに胸を締め付けられて、瑠衣子はしっかりと頷き返した。

「静に触られるのなら、いいわ」

「ありがとう」

そう言って子どものように笑う静がとても魅力的だったから、このとき彼が何を考えているのかなんて瑠衣子には想像できなかった。


「え、静？」

戸惑う瑠衣子の声が反響する。

瑠衣子は、静の部屋にあるバスルームに連れ込まれ、そのまま服を脱がされそうになっていた。

食事を終えて入浴する時間ではあるが、気持ちが通じた直後にいきなりお風呂に連れ込まれるとは思わなかった。あのままベッドルームへ行くのも緊張するが、明るい部屋で裸を晒すのも、それはそれで抵抗がある。

「ああ、瑠衣子は脱がされるのが好きだったか」

静の声は機嫌がよさそうに弾んでいる。瑠衣子の口元がひくりと引きつった。

着心地がいいコットンワンピースに手をかけられた直後、背中のファスナーが引き下ろされた。すとんと足元に布の塊ができる。

「はい、バンザイ」

「ちょっ、！」

中に着ていたキャミソールも捲り上げられ、頭からすぽっと抜き取られた。それも脱衣かごにポイッと放り投げられ、あっという間に下着姿にさせられた。

パチン、とブラのホックまで外されてしまい、瑠衣子は羞恥のあまりその場にうずくまる。

「ちょっと待って！」

「今更何を恥ずかしがっているんだ？」

瑠衣子がしゃがみこんで身体を隠している間、静は豪快に服を脱ぎ去っていく。衣擦れの音が容赦なく鼓膜を刺激する。瑠衣子は必死に現状整理をしていた。

この状況からして別々にお風呂に入ることはないだろう。彼が言う通り今更恥ずかしがるのもおかしな話だ。けれど頭でわかっていても羞恥心は抑えられない。

洗濯物を洗濯かごへ入れた静が瑠衣子の目の前に立った。光が遮られてわずかに暗くなる。

「お湯がたまったな。そんなに恥ずかしいなら、先に入るか後に入るか選ばせてやろう」

「え……、っ!!」

声につられて顔を上げたのが間違いだった。目に飛び込んできたのは、雄々しく勃ち上がった彼の男性器。触れてもいなければ性的に興奮する状況でもない（と思われる）中で、すでに欲望の鎌をもたげている。

真っ赤になった顔で口をパクパク開閉させていると、静が不敵に口角を持ち上げた。

「俺が興奮していないとでも思っていたのか？」

「な……、だって何もしてないし……って待って、いつから？」

「瑠衣子の手に触れているときからだな」

それはソファに座って気持ちを伝えていたときのことを言っているのか。

抱きしめられたとき、下腹部には硬い感触はなかったと思うが、うまい具合にそこは密着していなかったらしい。

しかしあの状況ですでに彼の下半身が臨戦態勢だったなんて思うはずもない。そんな状況でもなかったのだから。

「俺は君の存在だけで欲情する」

「……ッ！」

そんなことを平然と言ってのけてから「先に入ってるぞ」と言い、彼は浴室へ消えた。

瑠衣子は、はーっと大きく息をはき、鼓動を落ち着かせる。自分から襲ったこともあるのに、相手のことを好きだと認識した途端、その裸や生理現象に赤面してしまうとは。

「かっこいいことを言った風に去るな……」

自分の存在だけで欲情するだなんて、当然ながらこれまで言われたことがない。そんなふうに直球で言われた側はどうしたらいいのだ。

無理強いはしない、嫌がることもしないと宣言されているが、自分という存在が、いつでもどこでも彼を欲情させてしまうのなら、この先苦労しそうだ。

「傍にいたいけど、すぐに妊娠させられそう……」

求婚されていることは嬉しいが、やはりすぐに将来を考えることは難しい。もう少し時間をかけてお互いの気持ちを育みたい。

だが今はまずこの状況と向き合わねば。

「恥ずかしい……でも、行くか」

この場から逃げるということは、彼と向き合うことから逃げることでもある。それは嫌だ。正直何故あの展開からお風呂に入ることになったのかはわからないが、瑠衣子は覚悟を決めて下着を脱いだ。

一度だけ利用したことがあるマスターベッドルームの浴室へ、恐る恐る足を踏み入れる。

「瑠衣……」

「振り返ったらシャワーで攻撃するからね」

照れ隠しにしては本気のこもった声で脅した。近くにあったシャワーヘッドを掴んだが、静は鼻で笑う。

「いくらでも？」

彼は浴槽の湯に浸かったまま堂々と振り返った。

お湯を出す前に振り返られて、瑠衣子は間抜けな体勢を披露する羽目になる。

「ほら、そんなものは戻して、早くおいで」

彼は瑠衣子を手招きした。濡れた肩や腕は艶めかしくて、適度に鍛えられた筋肉も、いつも以上に雄の色香を放っているように感じてドキッとする。

人気俳優のセクシーな写真集を見ている気分だ。非常に目の毒である。

真っ赤に染まっているだろう自分の顔をごまかすために、瑠衣子は広々としたバスタブへ近づきかけ湯をしようとした。が、静によってそのまま湯に引きずり込まれてしまう。

「きゃっ！」

危なげなく腰を支えられ、濡れた腕と適温のお湯に身体を包み込まれる。

結局、静に背後から抱え込まれるように、お湯に浸かる羽目になった。

「いきなり、何するのよ」

「ちゃんと支えてるから問題ない。お湯もぬるめだし火傷することはない。ゆっくり疲れを癒やすといい」

そういう問題ではない。それに、こんなふうに異性に抱きしめられたままお湯に浸かるのでは安らげるはずがない。

——っ、恥ずかしい……！

心臓がいつもより活動的で困る。服に守られていない身体では、すべてを直に伝えてし

まう。心拍数も体温も丸裸だ。

パシャパシャと、静が瑠衣子のむき出しの肩にお湯をかけてくる。彼の左腕はしっかりと瑠衣子の腰に回っていて、右手で優しくお湯をかけながら素肌に触れてきた。撫でられるような感触に、瑠衣子の体温が上昇する。

「あの、辛くないの？」

「何が？」

「その、お尻に当たってるから……。それにさっきも見たし」

先ほど見せられた熱い昂ぶりが、今は直に触れていた。瑠衣子も男性の生理現象は一応知っている。元カレの性欲処理に付き合っていたくらいなのだから。

一度出さないと辛いはずなのに、静の手つきはひたすら優しい。いやらしさを感じさせない触れ方は瑠衣子の心を慮っているように感じられた。

強引に風呂場に連れ込まれたけれど、彼は瑠衣子を傷つけることをしない。力で女性をねじ伏せることも、瑠衣子の意見を否定することもせず、正面から向き合ってくれようとしている。それがどれだけ嬉しいことか、改めて思い知らされた。

「まあ、我慢はしているが、強引に抱くことはしない。俺にとっては、自分のことよりも瑠衣子を気持ちよくさせる方が大事だ」

「ッ！」

耳元で囁かれたバリトンの声に反応して、子宮がずくんと疼いた気がした。

浴室の中は声がよく反響する。そんな空間で美声を披露されると、耳が犯されてしまいそうだ。

「なんだ？　もっと触ってほしいのか？」

さわさわと胸に触れてくる手つきも、形や輪郭をなぞっているだけ。胸の頂に手のひらが当たるが、そこを刺激してくることはない。

優しくてもどかしい。甘い責め苦がじわじわと下腹部を刺激してくる。いくら意識したくないと思っても、瑠衣子の全神経が静の手の動きに集中してしまう。

「ん……」

鼻から息が抜けるような声が漏れた。入浴剤を入れていない湯の中ではっきりと透けて見える肌は薄紅色に色づいている。

「瑠衣子」

名を呼ばれ、背後から耳を甘噛みされた。舌でべろっと耳たぶを舐められて、ぞくりとした痺れが腰から背中に駆け上る。

「あっ……ん」

「耳、弱かったか」

耳の裏にキスをされ、そのまま耳殻を舐められる。

耳が性感帯だなんて自覚したこともなかったのに、自分でも知らない一面を次々に見せつけられる。

それが恨めしくて、思わず静を振り返り睨みつけたが、逆効果だったようだ。

「ああ、その顔はクルな」

「……ん、んんッ！」

顎を指で固定されて、嚙みつくようなキスをされる。

肉厚な舌が容赦なく口内を蹂躙し、生々しい感触が互いの快楽を呼び起こす。

吐息さえ貪られるようなキスは、容赦なく瑠衣子の意識を奪おうとしているようだ。背後から抱きしめられていたはずの身体は、いつの間にか反転させられ、向かい合っている。

身体が離れないように逞しい腕で腰を固定され、ぐっと互いの胸が密着した。中途半端な触れ合いで刺激されていた胸の先端は、存在を主張したまま、静の胸板に押しつぶされる。その感触が新たな刺激を生み出し、身体中に電流が走った。

「ふあ……あ、ん……っ」

「蕩けた顔になってきたな」

フッと笑った表情が瑠衣子の官能を煽った。このまま流されてしまえば、これまで味わったことのない快楽と幸福が待っているのではないかと予感させてくれる。

隠されていた雌の本能がむき出しになっていく。快楽だけを享受して、相手の愛撫に身を委ねたい。求められることが嬉しいのだと彼にも伝えられたら、この気持ちを共有できるのではないか。

「静……」

唇が離れた直後、瑠衣子は静の名を呼んだ。自分から身を乗り出し、彼の首に抱き着くように体勢を整える。そして目の前の太い首筋に強く吸い付いた。

「……ッ！」

不意を突かれて息を呑んだ気配が伝わる。いつも瑠衣子が翻弄されるばかりなのだから、少しは彼も振り回されればいい。

赤い所有印がついたであろう箇所にそのまま噛みつき、歯形を刻んだ。薄っすらと残った噛み痕が己の劣情を掻き立てる。

――もっと……。

もっと驚いた顔が見たい。感じている顔が見たい。喘ぎ声を聞いて、知らない顔を暴きたい。

欲望がどんどん膨れ上がっていく。こんな一面があったのかと自分でも驚くが、今は本能のまま動きたかった。

「静、もっと……」

――強く抱きしめて。ぐずぐずに溶けてしまうまで。

未来に怯えずに済むように、心も身体も彼だけで満たされてしまいたい。

抱き着いた腕にギュッと力を込めれば、彼女の気持ちを察した静も強く抱きしめ返してきた。

「そんなかわいい顔で煽られたら、止まらないぞ」

「止める必要ある？」

「君がその気なら、遠慮はしない」

至近距離で見つめ合うこと数秒。どちらからともなく唇を重ね合う。

濡れた唇を舐めとり唾液を交換する。赤く色づく舌を絡め合い、吸い付かれては貪り食らう。

情欲に濡れた目には互いしか映っていない。独占欲と充足感がじわじわと思考を支配し、お互いのことしか考えられなくなっていた。

「瑠衣子、ここに座って」

湯船から身体を引き上げられて座らされたのは浴槽の縁。

瑠衣子の白い肌は上気し、眼差しはとろりと蕩けている。薄く開いた唇は唾液で濡れてぽってりと腫れていた。

そんな瑠衣子を見た静が冷静でいられるはずもない。

彼は、瑠衣子の柔らかな胸に強く吸い付いた。同時に、もう一方の胸の赤く色づく小さな実をキュッと弄ってくる。

「ンアアッ……！」

舌で嬲られながら丹念に吸い付かれ、軽く歯を立てられた。反対の胸は大きな手で包まれながら刺激を与えられる。

カリッと胸の蕾に噛みつかれるのと、キュッと指でつままれたのは同時だった。

「ぁあ――ッ、静……ぁ」

「クソッ、かわいく啼きやがって」

パシャンと大きく水が跳ねた。瑠衣子の膝が割られ、脚の間に静の身体が収まる。下腹部に熱い楔を押しつけられながら、胸から脇をゆっくりとなぞられれば、いやおうなしに官能が高まっていく。

先ほど瑠衣子が彼にしたように、首筋にキスマークを刻まれた。チリッとした痛みすら快楽に変わり、自分の身体が静の所有物になったような錯覚を覚える。

赤い鬱血痕がくっきりついたのだろう、静が満足そうに微笑んだ。

「足りないな……もっとつけたい」

「あ、ヤぁ……っ、ダメ……」

「ダメ？　俺にはつけたくせに？」

歯形もついてるよな？　と確認されれば、拒否することもできない。瑠衣子はそっと視線を逸らした。

「俺だけを見ろ。余所見は許さない」

「お、横暴……！」

そんな俺様発言も、強く求められているのだと実感できて胸がキュンとときめいてしまうのだから重症だ。

急激に変化する自分の心についていけないが、頭で考えることはとっくに放棄していた。

再びお湯の中に引きずり込まれて、後ろを向かされる。広々とした浴槽の洗い場には、くもり止めが施された大きな鏡があり、少し離れたこの場所からも二人の痴態がはっきりと映っていた。

「や、鏡……！」

「ああ、今気づいたのか。さっきからよく映ってるぞ？」

鏡に映る瑠衣子の顔はすっかり桃色に染まっており、発情した女の表情そのものだった。

「――ッ！」

自分がどんな顔で彼を見ていたのか気づかされた。背後の男がどんな表情で自分を見ているのかも。

――恥ずかしい。

とても直視できない。蕩け切った自分の顔を確認したことはないし、こんなふうに気持ちよく感じられたことも今までない。肌を重ねる行為に幸せを感じたことも。セックスなんて辛いだけだと思っていた過去。嫌な思い出はひとつずつ静の優しい手によって塗り替えられていく。

「忘れろ、全部。君を傷つけたものなんて、覚えていなくていい」

背後から抱きしめられたまま囁かれる。

圧倒的な安心感に包まれて、高まった感情が決壊した。涙が一筋頬を伝う。

「うん……」

恐怖と絶望を味わった初体験と、性欲処理の手伝いだけをさせられていた二度目以降の経験。そして、静と心が通じていない状態の経験は、瑠衣子に心からの快楽を与えるものではなく、辛く切ないものだった。

普通に愛されたかった。誰かと心を通わせて、相思相愛になって。そんなありふれた恋愛で十分幸せなのだ。けれど瑠衣子は、好きになった人から同じ気持ちを返されるのは奇跡に近いことだと思うようになっていた。

諦めかけていたとき、ようやく大切だと思える人に出会えた。最初は戸惑ったし変態はお断りだと思ったけれど、今は心から大事にしてくれているのが伝わってきて涙が出そうになる。

抱きしめられて体温を共有できる。その腕に囚われていることが喜びに繋がる。声を聞けて名前を呼ばれて同じ時間を過ごす。嫌な過去を上書きしてくれて、幸せで満たしてくれる。そんな静を改めて好きだと実感した。

「大丈夫だ。瑠衣子は誰にも傷つけさせない。あの男にも」

左の肩甲骨の下にある十センチにわたる傷跡。跡を消すことは今の形成外科の技術を使えば可能だと言われたが、瑠衣子はそれを望まなかった。

綺麗な肌に戻ったって、心の傷が癒えるわけではない。その傷ごといつか自分自身を愛してくれる人が現れるのを、心のどこかで望んでいたのかもしれない。

静がゆっくりとその傷跡を指でなぞる。その手つきは労わりに満ちている。

「俺の生まれは変わらない。だが俺は、権力を使って君を傷つけることは絶対にしない。だからずっと俺を見てほしい」

囁きとともに傷跡に口づけられ、そのままゆっくりと舌を這わされる。

まるで、瑠衣子の傷は醜いものではないのだと証明しているかのような優しさを感じた。

「あ……、静……」

「瑠衣子は綺麗だ。だから堂々と胸を張って生きればいい」

そのためのサポートは全力でするると続けられて、胸の奥がギュッと締め付けられた。

言葉で言い表せない感情が胸の内を支配する。嬉しくて切なくて、でも嬉しくて。

欲しい言葉をくれる誠実で優しい人が、ありのままの自分を受け入れてくれる。

静は、瑠衣子がぽろぽろと涙を零すのを鏡越しに見つめていた。

「水分が全部流れてしまうぞ」

濡れた手でポンッと頭を叩かれる。

「湯あたりを起こす前に出るか」

「……え？」

──中途半端に高められた熱はこのまま放置？

それに、女性である瑠衣子よりも、欲を解放させていない静の方が辛いはずだ。

ゆっくりと湯船から立ち上がった静の雄はやや硬度を失っているようだったが、まだ萎えてはいない。

「静、座って」

瑠衣子も立ち上がり、湯船から出る。彼を浴槽の縁に座らせて、瑠衣子はその前に屈んだ。

どこか面白そうに眺める静を見上げたまま、瑠衣子は彼の欲望に手を添えた。

「このままだと辛いんでしょう？　だから、私が……」

両手で熱い杭を握りしめる。少し触れただけでそれはすぐに硬度を増し、膨張した。

ドクドクとした脈が手のひらから伝わってくる。つるりとした先端からは透明な汁がにじみ出ていた。

「握ってるだけだけど、感じてるの？」

「瑠衣子の手に触れられていると思うだけでイケるぞ」

……そのカミングアウトもどうなんだろう。

正直すぎる感想が一周回って愛おしい。少し前だったら変態と罵っていたかもしれないが、大切な人が自分で感じてくれているというのはやはり嬉しいものだ。

ゆっくりと根本から先端にかけて手を動かしていく。血管が浮き上がったグロテスクな雄の証は、瑠衣子の些細な動きにもピクリと反応を見せて、気分がいい。

「クッ……」

指に垂れてきた液体をぺろりと舐めた。そのままの姿勢で見上げると、静は目元を赤く染めて快楽に耐えている。

その煽情的な光景に愉悦を深める。凄絶な色香を感じ、ぞくりとした。男性の堪える姿がこんなにもセクシーだとは、今まで思ったこともなかった。

――かわいい……もっと、もっと。

もっとその顔が見たい。

溢れている雫を丹念に舐めとり、その中心部の窪みに舌の先端を這わせる。唾液を絡ませた舌でそのまま裏筋をゆっくりと舐めながら、袋をやわやわと揉んで刺激を与えた。

「っ、待て……！　瑠衣……、ッ！」

チュッと強く吸い付き、そのまま頬張れるところまで口の中に誘う。

太くて長い男性器を喉奥まで咥えるのは辛いが、無理をしない程度に彼の雄を口の中に招き、むき出しの部分を片手でこする。

男性が感じるツボは心得ている。クズな元カレに散々教え込まれたから。それが役立つ日が来るなんて思ってもいなかったが、あの経験も無駄ではなかった。

「……ッ、は……ァ」

嬌声に似た彼の甘い吐息が瑠衣子の情欲を高めていく。ずくずくと子宮の奥が切なさを訴えた。

「ダメだ、もうやめろ……放せ……」

そろそろ限界が近いのだろう。目を瞑り歯を食いしばる姿は大変よいものだが、早く彼の欲望を解放し、気持ちよくしてあげたい。

そう思って強く吸い付いた直後、手の中の杭がドクンと大きく脈打った。

口の中いっぱいに射精され、苦味を堪えたまま口を離す。

「っ！　吐き出せ！」

シャワーヘッドを摑んだ静が瑠衣子を支えながら、排水溝へ吐き出すように命じた。粘ついた液体を促されるまま吐き出すと、シャワーで口の中をすすがれる。

「クソ、飲み込んでないだろうな？」

「うん……、飲んでないけど、男性は飲んでもらった方が喜ぶんじゃないの？」

瞬間、剣呑な空気が生まれた。静は眉間に皺を寄せ、明らかに不機嫌そうだった。

「ふざけんなよ。まずいものを飲ませようとする男の性癖の方がどうかしている。瑠衣子をこんなにエロくさせた男を不能にしてやりたい」

正面から強く抱きしめられた。その体温に身を委ねる。

自分を思って怒ってくれるのは嬉しいが、言っていることは物騒だ。

「でも、私も静を気持ちよくさせたいから、いいの。喘いでいる静の表情や姿はたまらなくセクシーだし……」

「もう二度とさせないぞ。あんな恥ずかしい姿、何度も見られてたまるかっ」

一度目はかなり好き放題してしまった自覚はある。その強烈な体験のせいで、彼曰く彼の男性器は瑠衣子以外には反応しなくなってしまったのだから。

「……ごめんね？」

少しやりすぎたとは思っているから改めて謝罪を述べれば、バツが悪そうにしていた静が再び食らいつくような口づけを与えてきた。

# 七章

　静との濃密な時間を過ごした翌週は、連休明けということもあり非常に慌ただしかった。溜まったメールの処理や雑務に追われ、雑賀にも容赦なくこき使われた。

　雑賀には自宅の件でとても世話になったし、プライベートな問題に巻き込んで申し訳なく思っていたので、連休が明けて早々にお礼と謝罪をしに行った。彼は人好きのする笑みを浮かべ「仕事で返してもらうのでいいですよ」と言い、瑠衣子を震え上がらせたのだが、その通りの現実が待っていた。

　処理が追いつかないほどの事務作業には慣れているはずだったが、その週の仕事はまったく終わる気がしなかった。そのおかげで桐生のことを思い出す暇もなかったので、ありがたくもあったが。

　朝は、静のスケジュールに問題がなければ共に出社し、帰りも静か雑賀がマンションへ送ってくれる。甘えすぎているのではないかと不安になったが、「何かが起こってからでは遅いのだ」と言われれば瑠衣子も納得せざるを得ない。

仕事が少し落ち着いてきた金曜日の午後。その日の仕事は順調に進んで、定時で上がれそうだった。

——夕飯どうしようかな。静は会食もないし家で食べたいって言ってたっけ。

彼は、瑠衣子が作る素朴な家庭料理を文句なくたいらげて、必ずおいしいと言ってくれる。しかも後片づけは彼が引き受けてくれるので、負担も少ない。

家賃の代わりに家事を引き受けることで同居が始まったはずが、実際瑠衣子がしていることと言えば、朝晩の食事を作ることと洗濯をするくらいだ。床掃除は有能なお掃除ロボットがしてくれているし、そもそもハウスクリーニングが週に三回来てくれるので、家事と言ってもあまりやることがない。

だから、食事ぐらいは気合いを入れて作りたかった。

——外食で脂《あぶら》っぽいものが多いから、なるべくさっぱりしたものがいいわよね。南蛮漬《なんばんづ》けとか、なすの煮びたしとか……。

でも、静はこの前の鍋をたいそう気に入っていたから、また鍋物でもいいかもしれない。今度は味を変えてキムチ鍋もおいしそうだ。豆乳鍋も食べてみたい。静が好きそうならレパートリーに加えてもいいだろう。

休憩中にスマホを使い、料理アプリを立ち上げる。定番の豚バラと白菜の重ね鍋もいいが、プチトマトを入れるのもおいしそうだ。

帰りにスーパーで食材を買ってこようと思いながら残りの仕事に励んでいたところで、秘書課の先輩から声をかけられた。

「黒咲さん、第三会議室にお客様がいらしているから、コーヒーを二つお願いできる？」

「かしこまりました」

席を立ち、すぐに給湯室へ向かう。ドリップ式のコーヒーを二つ用意し、ミルクと砂糖、コーヒースプーンを忘れずにソーサーにのせた。トレイに二人分のコーヒーを用意し、同じフロアの第三会議室へ向かう。

——あれ、お客様って言ってたけどどなたが見えているのかしら？

総務部から臨時で秘書課に来ている瑠衣子の業務は、雑賀のアシスタントが多い。いわゆる雑用係だ。役員の会食やミーティングなどの予定はすべて秘書課の担当秘書が管理しているため、瑠衣子が関わることはない。

こうやってお茶やコーヒーを持っていくことはよくあるので疑問を持たずに来てしまったが、今までは最低でも会社名を教えてもらっていた。担当者の名前まで知る必要はないが、どこの誰が来ているかを課で把握するようにしているのだ。

——いけない、ぼーっとしてたから聞き忘れちゃったわ。まあ、コーヒー持って行くだけだし、大丈夫よね。

第三会議室は、他の会議室に比べて少人数用だ。テーブルを挟んでソファが向かい合わせに置かれてあり、六人ほど座れるようになっている。

会議室の前に到着し、瑠衣子は扉を三回ノックした。

「失礼いたします」

中に入ると、黒革のソファに座る人物の後ろ姿が見えた。二人分と聞いていたが、もうひとりはどこに行ったのだろう。そんな疑問が頭をよぎるが、近くの台にトレイを置き、コーヒーセットをひとつだけ持って、客の前に静かに置いた。

「ありがとう」

その声に、一瞬で身体が硬直した。

ざっと血の気が引いていく。

顔をあげた瑠衣子の目に映ったのは、スーツをまとった桐生透だった。

「——ッ！」

「ああ、ようやく会えたね。ずっと部屋に戻ってこないし心配していたんだよ」

——ウソ。

何故この男が。

取引相手が来ていたのではないのか。秘書課の先輩が何も言わなかったのは、仕事の関係者じゃないと知っていたからか。

どういうこと、何で――。

次々と疑問が湧き上がる。それは雪崩のように押し寄せてきて、瑠衣子の頭の中を真っ白にしていった。

「今どこに住んでいるの？　ねえ、鳳静とはどういう関係？」

「ぁ……、っ……」

喉が塞がって声が出せない。驚きと恐怖で身体が竦んでいる。

「まあ、立ち話も何だし、座りなよ」

桐生は瑠衣子の怯えなどまったく気がつかない様子でソファに座るようにすすめてきた。まだ湯気をあげているコーヒーを指差して声を弾ませる。

「二つ持ってきてもらったうちのひとつはルイちゃんの分だよ。君とゆっくり話したいから協力してもらったんだ」

――協力？　誰に？

戸惑いを浮かべる瑠衣子を見つめながら、桐生はうっとりとした笑みを見せた。

「驚いたルイちゃんもかわいいね。僕のサプライズ、気に入ってくれた？」

背筋にゾクッと悪寒が走る。

『ああ、君の泣き顔に欲情する』

八年前に彼から言われたセリフが、一瞬で脳裏に蘇った。そのふざけた性癖を暴露した瞬間、瑠衣子はようやくこの男の異常性に気づいたのだった。

聞きたいことはたくさんあるが、密室に二人きりでまともな会話などできるはずがない。

彼の目的は一体何なのか。でもひとりで確認する勇気も出ない。

恐怖でガチガチと歯が震える。

――ダメ、動いて……！　足、動け！

つま先は寒さで凍えたときのように感覚がない。

けれど、パンプスの靴底がカーペットを踏みしめているのをなんとか感じ取り、ぐっと力を込めた。出口の扉まで大きく一歩を踏み出す。

「どこへ、行くの？」

「あッ……！」

しかし素早く手首を掴まれて、ぐいっと引っ張られてしまう。身体のバランスを崩し、重心が傾いた。

気づいたときには、桐生に背後から抱きしめられていた。

「――ッ！」

声にならない悲鳴をあげる。明らかに怯えているとわかるだろうに、そんな女性をさらに強く抱きしめてくる男の心理がわからない。

わかり合うことなどとっくに諦めているから今更だが、これ以上こちらの人生に踏み込んでこないでほしい。

「ようやくルイちゃんに会えたのに、僕を置いてどこに行くつもり？　まだどこに住んでいるのか聞いてないよ。それとも、二人で住める場所を探していたのかな？　あの部屋は一人暮らし用で少し手狭だもんね。僕は狭い方が君と近くにいられるから、狭くても問題ないけれど」

——一体何を言っているの。

この男の中では、瑠衣子との未来が決まっているらしい。一体どういう思考回路をしているのだろう。瑠衣子は桐生との同棲を望んでいて、その部屋を探すので忙しかったから自宅に戻っていないなんて、そんなことあるはずがない。誰が考えてもおかしいとわかるはずなのに。

背後から抱きしめられている恐怖が瑠衣子の冷静さを奪っていく。このまま背中を見せて逃亡したら、いつかの再現になるのではないかという最悪の想像が頭を支配していった。

——だめよ、冷静に、対処しないと……。

相手を怒らせてはいけない。怒った桐生は何をしでかすかわからない。

この男はサイコパスだ。下手に刺激したらそれこそ命はないかもしれない。

「ねえ、ルイちゃん」

男の声から柔らかさが消えた。刺すような冷たい声音とその変わりように瑠衣子の背筋が冷える。

「これ、誰につけさせたの？」

これとは一体？　と思った瑠衣子の長い髪がかき分けられて、首筋があらわになる。

瑠衣子のうなじには、昨夜静につけられた赤い鬱血痕がはっきりと浮かんでいるのだが、鏡で確認できるところではないので瑠衣子は知らない。ただ、髪の毛は上げない方がいいと言った静の言葉に従い、最近はハーフアップが多くなっていた。

「な、……の、こと」

唾液を何度も飲み込み、喉を無理やり潤わせ、ようやく声を発する。言い逃れのための言葉ではない。けれど、ごまかされたと勘違いした桐生は、上書きをするようにその鬱血痕に強く吸い付いた。

「ヤ……ッ！」

「イヤ？　君は僕のものなのに？」

「――――ッ!!」

見開いた瑠衣子の目に涙が滲む。こんな男の所為で泣きたくなどないのに、強い恐怖からくる涙は、理性でコントロールできないものだった。

――誰があんたのものよ、私を殺そうとしたくせに。

桐生は逃げようとした瑠衣子を斬りつけた。それに対する謝罪もこの男から直接聞いていない。それどころか、綺麗さっぱりなかったことになっている。

そんな男に無理やりキスマークを刻まれて、屈辱感でいっぱいだった。

「ねえ、ルイちゃん。もう一度聞くよ。これ、誰につけさせたの？」

――つけさせた？　つけられたではなく？　私が誰かを唆《そそのか》して誘惑したと言いたいの？

「僕がずっと君を独りにさせてたから、焼きもちやかせるためにこんなことをしたんだよね。いけない子だな……。もっと点検しないと」

――点検？

その言葉の意味を理解した途端、身体中に鳥肌が立った。

瑠衣子は全身の力を振り絞り、どうにか桐生の拘束から抜け出した。

「来ないで！」

ようやくまともに出せた声は思いのほか大きく響いた。

こんな場所で点検という名の凌辱を受けるなど冗談ではない。職場で女性を裸にしようとする男の神経を疑うが、そもそも常識など通用しない相手だった。

社内の会議室は、大人数で話しても外に声が漏れないようにある程度の防音対策が施されている。相当な大声で叫ばない限り、助けは望めない。

――でも、ここには私しかいないんだから、頼れるのは自分だけ。

タイミング悪く、静はちょうど会議中で、雑賀は外出している。桐生透に関することは社内ではその二人しか知らないし、他の人間を巻き込みたくはない。

「これ以上近寄らないで触らないで」

活路を求めて視線を彷徨わせていると、手を伸ばして摑める距離に、もうひとり分のコーヒーがあるのに気づいた。咄嗟にカップを手に取り、これ以上何かをするならコーヒーをかけてやるという脅しを見せる。

先ほどまで怯えていた瑠衣子が突然勇ましい気迫を見せたことに、桐生は片眉を上げた。

「いいよ、それを僕にかけたいならかけても。でも、この会社にいられなくなるのはルイちゃんの方じゃないかな？　誰かに水をかけただけでも暴行罪になるって知ってる？」

柔らかい声が瑠衣子を脅す。本当の犯罪者が罪を償わずに生きているのに、コーヒーをかければ瑠衣子に罪が着せられる。相手は桐生家だ。何の力もない一般人など法廷で戦ったところで勝敗は見えている。

鳳家を巻き込まない限り、瑠衣子は桐生に敵わない。

――理不尽すぎて吐き気がする。

持ち上げたカップはそのままテーブルに戻した。

爽やかだと称される男の笑顔を腹立たしく睨みつけて、瑠衣子はそれでもこの場から逃げ去る意思を持ち続けていた。

「ずいぶんと勇ましくなったね、素敵だよ。僕はどんなルイちゃんでも愛しているし、愛すると誓おう。これを見て」

桐生はコーヒーテーブルの上に置かれていた一通の封筒を手に取った。そこから出てきたのは婚姻届だった。しかも、後は瑠衣子が署名して捺印すれば提出できる段階のものだ。保証人の欄も瑠衣子の知らない人間の名前が記載されている。

桐生は満面の笑みで、呪いの言葉をはいた。

「待たせてごめんね。これからはずっと一緒だよ――」

断られることなど考えてもいない。心の底から、瑠衣子を愛しているのは自分だけだと信じている顔だ。

我慢して我慢して、吐き気をこらえてこの男と対峙していたが、もう限界だった。

何度目かわからない心の叫びが口を突いて出る。

「――もう、イヤ……ッ！」

そのとき、背後で荒々しく扉が開かれた。

「彼女から離れろッ！」

そこに立っていたのは、会議中のはずの静だった。

走ってきたのだろう、額に汗を滲ませて、怒気と熱気をまといながら近づいてくる。

彼はあっという間に二人のところまで来ると、瑠衣子の腕を掴んで引っ張り、そのまま背後に隠す。

——静、何で……?

がたがた震え始めていた身体が少しずつ落ち着いてくる。静の広い背中を見つめていると、助けに来てくれたという実感が湧いてきて安堵感に包まれる。

——先輩を見ないように庇ってくれているんだわ。

静への想いが込み上げてきて、彼の背中にそっと手を添えた。

静は桐生を睨みつけたまま「大丈夫だ」と声をかけてくれる。その言葉に、一体どれだけ救われているか、静は気づいていないだろう。

「また君か。僕のルイちゃんに馴れ馴れしくて目障りだな」

顔は見えないが、二人が睨み合っている気配がびりびりと伝わってくる。

「それはこっちのセリフだ。俺の瑠衣子の前に現れるな」

静が低く吐き捨てるように言った。空気がさらにぴんと張りつめる。

瑠衣子を心配し、守ってくれる。目の前にいる相手から勇気をもらい、瑠衣子は彼の肩に額を押し当てた。大きく息を吸い込み、深呼吸してから一歩横へずれる。

「……ええ、その通り。私はあなたの恋人ではないわ。私は静が好き。結婚するなら彼としか考えられない。だからお引きとりください、先輩。二度と私に関わらないで」

——言った。ようやく言えた。

隣からも驚いた様子で視線を向けられているのがわかるが、瑠衣子はまっすぐ桐生を見据えていた。

どうして桐生がここまで自分に執着するのか、瑠衣子には未だにわからない。けれど理由を聞いたところで理解できるはずもないだろう。

「ルイちゃん？　まだ拗ねているの？」

はっきりと「関わらないで」と言われているのに、桐生はまだ都合よく解釈している。もはや価値観の違いや言葉が通じないという問題ではない。

桐生透は狂っている。何らかの理由で心が蝕《むしば》まれているのだ。

いつからか、どうしてか。

けれど、それを聞いたところで瑠衣子はこれ以上彼と関わるつもりはない。

ゆっくりと息を吸って、大きくはく。下腹に力を込めて、目の前の男に伝わるように、わかりやすく言葉を紡いだ。

「きっと先輩には理解できないと思います。でも最後だからはっきりと言わせてもらいます。あなたはかつて私の憧れで、好きな人でもありました。でもそれは過去のこと。私はあなたが怖くてたまらない。愛を理由に他人のプライバシーを無断で覗く行為も、私の背中に斬りつけたこともすべて犯罪だという自覚がないから。あなたがいくら変わろうと努力したところで私には届きません。私は受け入れることも許すこともできない」

恐らく彼には言いたいことの半分も伝わらないだろう。けれどそれでも構わないと、瑠衣子は続ける。

「驕りかもしれないけれど、私という存在が先輩を狂わせたのならごめんなさい。けれど、私のことはもう忘れてください」

「……忘れる？」

呆然と聞いていた彼が、最後の言葉に反応した。

「忘れる？　ルイちゃんを忘れるだって？　そんなの、嫌だ嫌だ、君を忘れるなんて……僕が、どれだけ君を、君だけを——っ」

ここへ来て初めて取り乱した桐生の姿に、静が慌てて瑠衣子を引き寄せた。

その直後、会議室の扉が開かれた。

「遅くなりまして申し訳ありません、静様。桐生家のご当主を連れて参りました」

「遅い。だがよくやった」

一礼をして部屋に入ってきたのは雑賀だった。その後ろには、桐生家の当主であり、透の父親、桐生充《みつる》の姿がある。代議士をしている彼をここまで連れてくるのは、大変だったに違いない。

あんなことがあったのに、これまで一度も会ったことがなかった桐生の父親とこうして対面するのは、不思議な気分だった。

その彼が、まっすぐ瑠衣子と静に歩み寄り、深々と頭を下げた。

「愚息が、申し訳ないことをした」

「……」

今にも土下座をしそうなほどの低姿勢を見せたが、静は返事をせずに黙って成り行きを見続けている。

父親の存在に気づいていない桐生透に、当主は息子の顔を拳《こぶし》で殴った。

「……っ！」

ドサッと重い音が響く。口を切ったのか、桐生透の唇の端には血が滲んでいた。それまで焦点が合わず濁っていた目が、目の前の人物に向けられる。

「透、お前の瑠衣子さんはもういない。いないんだ」

桐生充は噛んで含めるように言った。

「……いない？　違う、ルイちゃんならそこに」

「彼女はお前の瑠衣子さんではない。もう死んだんだ」

彼は、桐生透の中で瑠衣子は死んだことにした方がいいと判断したらしい。いささか強引な流れだと思うが、瑠衣子のことになるとまともでない桐生には有効なのかもしれない。

「……死んだ？」

彼は呆然とした顔で呟いた。何度もぶつぶつと瑠衣子の名を呼び、死んだ死んだと連呼している。まるで自分に言い聞かせるかのように。

「そうだ。だから彼女のことはもう忘れなさい」

桐生透の目からみるみる生気が消えていく。呟き声は次第に何を言っているのか聞き取れなくなってきた。

人の精神が崩れていく様子を初めて目の当たりにした瑠衣子は呆然と見守るしかない。

そのとき、止まった時間を動かすかのように、ノックの音が聞こえた。

雑賀が内側から扉を開くと、黒いスーツ姿の男性が二名現れる。桐生家の使用人か充の秘書なのだろう。その者たちは桐生透の傍まで来ると、両側から彼の腕をがっしりと摑み、支えるようにして歩かせ、部屋を出て行く。その後ろ姿を見ても、瑠衣子と静は一言も発することができずにいた。

雑賀が案内のために部屋を出て行ったので、室内には三人だけが取り残される。

充はその場に膝をつき、深々と頭を下げて改めて謝罪を述べた。

「本当に、申し訳ございませんでした」

「え……と」

父親と同じ世代の男性に土下座をされるのは抵抗がある。しかも相手は社会的な地位も高い人で、プライドだって相当高いはずだ。そんな人物でも、静を前にすれば土下座も辞さないらしい。

胸の奥が少しチリッとした。書面のみでの対応だった八年前とはえらく態度が違うではないかと言ってやりたい。

そんな瑠衣子の気持ちを感じ取ったのだろう、静が冷静に問いかけた。

「あなたは誰に謝罪をしているのですか。私ですか？　彼女ですか？」

「それは、もちろん……」

二人だと言おうとしている気配を察し、静が言葉を遮った。

「私に謝罪は結構。あなた方が謝るべきは彼女ひとりだ。二度と近寄らせないという誓約書まで作っておきながら、この監督不行き届きについてどう弁明する。刑事告訴をしない代わりに、ということだったはずだな」

瑠衣子の代わりに静が容赦のない切り込みをした。自分を庇い、こうして相手を追及してくれるだけでも、ずっと胸の奥で燻っていた澱《よどみ》が少しずつ浄化されていくような気がする。

桐生充は床に膝をつけたまま、彼が日本に戻ってきた経緯について話し始めた。それは桐生透が話していたとおり、彼の祖父が亡くなったのを機に呼び戻したというものだった。

「妻が、八年も経ったのだからもう十分だろうと。妻は透を溺愛していたので、ずっと呼び戻したがっていた。私もいい加減冷静になっただろうと判断したのだが、それが間違いだった」

「奥方には、真実が見えていなかったのだろうな」

「っ、申し訳ない……。品行方正で親の言うことをよく聞く息子が、女性に溺れて斬りつけるような罪を犯すなど信じられないと……。いや、何を言っても言い訳にしかならないが」

「……それで、息子さんを今後どうされるおつもりですか」

瑠衣子が直接尋ねた。返答次第では、今度こそ刑事告訴をする必要がある。

桐生充は、苦悶の表情を浮かべていたが、やがて意を決したように告げた。

「しかるべき医師のもとでしっかりと治療させるようにする。先ほどの息子の様子を見て、はっきりと心の病だとわかった。我々の手には負えないということも。海外の病院で早急に検査を受けさせる。今後、日本に戻すつもりはない」

「その言葉、信じていいのですか」

「信用できないだろうが、信じてほしい。瑠衣子さんのことはもう死んだのだと言い聞かせて、納得させる」

口先だけではない意思を感じ取り、瑠衣子は小さく息をはいた。

これでようやく終わったのかという安堵よりも、とてつもない疲労感が頭や肩にずっしりとのしかかってくる。

そんな瑠衣子の様子を見て、静が代わりにこれからのことについて話し合う。

「なるほど、それでは、互いの弁護士を通じて正式に書面に残していただきましょう。次は、なかったことにされないように、いくつか手だてを講じる必要がありますね」

嫌みにも取れる言葉に反応を見せることなく、相手は静の要望に淡々と頷いた。

「もちろんだ。あなた方が望むようにしよう」

「そうですか。穏便に済むようで安心しました」

冷静に進められるやりとりに耳を傾ける。話が一段落したところで、静が充に退室を促した。

「――それでは、今日のところはこれで失礼させてもらいます。……黒咲さん、本当にすまなかった」

「…………」

父親としての最後の謝罪に、瑠衣子は応えなかった。「はい」とも「いいえ」とも言えないし、返事をするのもひどく億劫だった。

沈黙を続ける彼女を複雑な目で見やってから、彼は会議室を後にした。

瑠衣子がこの部屋に来て一時間近くが経過しようとしていた。

「瑠衣子、今日はもう上がっていい。タクシーを呼ぶが、ひとりで帰れるか？」

静が瑠衣子の肩を抱きしめて提案してきた。定時よりも三時間近く早いが、確かに、このまま残って仕事を続けたところで集中できそうにない。

「大丈夫です」と言いかけて、口を閉ざした。

まったく大丈夫なんかではない。頭も心もぐちゃぐちゃで、立っているのがやっとだった。

周囲に迷惑をかけたくない。仕事とプライベートを混同させたくないと思うのに、彼の前では自分の心を偽りたくなくて、どうしていいかわからない。

黙り込んだ瑠衣子に、静は慰めるような声音で語りかける。

「大丈夫じゃないときに大丈夫だなんて言うのは日本人の悪い癖だぞ。まだ大丈夫だから我慢できるというのは、もう健康な状態ではないのだから。責任感が強いのはいいことだが、仕事に集中できない状態でミスを起こす方がよほど周囲に迷惑をかける。ちゃんと休むのも社会人の義務だ」

厳しさの中に優しさが混じった声。じんわりと瑠衣子の頑なさを溶かしていく。

瑠衣子はこれまで意地を張って強がって、自分ひとりでも大丈夫だと思い込まないと生きていけなかった。誰かに頼って甘えるという行為はまだへたくそだけれど、静の前では素直な自分でいたい。

本音を言っても呆れられることも嫌われることもないとわかっているから。

「……大丈夫じゃないわ。全然大丈夫じゃない。職場に先輩が来るなんて思わなかったし、あんなふうに錯乱するほど精神を患っているとも思わなかった。状況についていけなくて頭がぐらぐらする」

何がいけなかったんだろう、どこで間違えてしまったのだろう。今更考えても無意味なことが頭の中から消えてくれない。

自分のせいではないと慰めてみても、人ひとりの人生が狂ってしまったのは事実だ。それに自分が深く関わっていることは否定できないし、受け止めるのはとてつもなく重い。

「仕事を中途半端に投げるのも嫌だけど、こんな状態じゃ使い物にならないのもわかってる。だから静が言うように、今日はもう休ませてもらいます」

周囲に心配をかけるのも、妙な憶測をされるのも嫌だ。それなら何事もなかったという顔を装って私物を取りに戻り、歯医者にでも行くと言って早退したほうがいい。

だが私物を取りに行く必要はなくなった。戻って来た雑賀が瑠衣子の手荷物を持ってきてくれていたのだ。

「勝手にハンドバッグを持ってきましたが、必要なものが入っているか確認してもらえますか？　忘れ物がありましたら静様に渡しておきますので」

貴重品を確認する。家の鍵、財布、定期、化粧ポーチとスマホなど必要なものはすべて入っていた。デスクの上に置きっぱなしにしている私物は思い出せないぐらいなので、問題ないだろう。

「ありがとうございます。これで大丈夫です」

「よかったです。では後のことは任せて、黒咲さんはしっかり休んでくださいね」

部署に戻ることなくこのまま退社していいと言われて、ほっとする。本当は、今、秘書課の先輩方と顔を合わせたくなかった。桐生が適当なことを言って騙していたのかもしれないし、悪意などなかったと信じたいが、明らかに仕事関係の客ではない桐生のもとへ瑠衣子を向かわせたのが誰のさしがねだったのか、考えたくない。

静と雑賀に連れられてエレベーターに乗り込んだ。幸い誰ともすれ違わずに、三人を乗せた箱は静かに下りていく。

「カウンセラーが必要になったら遠慮せずに頼ってほしい。信頼できる者を紹介できる。君はもうひとりじゃない」

もうひとりじゃない――。

その言葉が瑠衣子の心に沁み込んでいく。

桐生の件があってからずっと、誰かと親しい関係を築くのが負担になっていた。知り合いの知り合いはみんなの知り合いという言葉があるように、世間は自分が思う以上に狭くて、誰がどこで桐生と繋がっているかわからなかったからだ。

だから、心の傷を誰かと共有できる日が来るなんて思ってもいなかった。

八年という歳月を経て、ようやくその呪縛から解放されたのだと思うと、心の奥からじわじわと何かが込み上げてきそうになる。

それをぐっと我慢してやり過ごしたところで、エレベーターが一階に到着し、扉が開いた。

「ああ、あのタクシーです。ここで大丈夫ですか?」

エレベーターに乗ったまま雑賀に問いかけられて、瑠衣子は深々と頭を下げた。

「ありがとうございました。本日はこれで失礼させていただきます」

瑠衣子をひとりにさせないためだけに、一階まで下りてきてくれた二人に感謝を述べた。タクシーの扉が閉まる直前、口パクで「また今夜」と静が言ってくれたことが嬉しい。

大丈夫、もう何も怖がることはない。

桐生のことは一生忘れられないし、彼のことを過去のことと割り切るには時間がかかるけれど、今は傍にいてくれる人たちを大切にしよう。運転手に静の自宅の住所を伝えて、帰る場所が彼のもとになっていることに、瑠衣子は小さく微笑んだ。


静のマンションに到着した。すっかり顔見知りになったコンシェルジュと挨拶を交わす。高級ホテルのフロントマンのように物腰の柔らかな彼の顔を見ると、帰ってきたのだという実感がわいた。

自室にさせてもらっている部屋に戻り、動きやすい部屋着に着替えた。時刻はまだ夕方四時を回ったところだ。金曜日に早く帰ってこられるのは、プレミアムフライデー以外では珍しい。

「あ、夕飯どうしよう」

数時間前までは、今夜はちゃんと手料理を振る舞おうと考えていたのだった。またお鍋を作ったら静は喜んでくれるのではないかと。

普段通りのことをした方が気分も落ち着くだろう。部屋でめそめそ泣いて眠るよりも生産的だ。

「うん、ごはんを作ろう」

静がピザを用意して慰めてくれたように、おいしいごはんを食べていたら少しずつ元気が出て来るものだ。冷蔵庫を開けて中身を確かめ、何を作ろうか考える。

静に好き嫌いはない。彼は何でもおいしいと言って食べてくれる。

知れば知るほど、静は優しい人だった。俺様だけど、相手を慮る気持ちを持っている。

心配をかけて、迷惑をかけてごめんなさい。そして大事にしてくれてありがとう。

そんな気持ちを込めながら、彼がおいしいと言ってくれた料理を振る舞おう。

「よし、スーパーに行こう」

あと、お酒に合うおつまみを用意しよう。おいしいお酒を飲んでごはんを食べて、お腹いっぱいになって眠ったら元気が戻って来るだろう。

彼が何時に帰宅できるかはわからないが、少しは彼女っぽいことをしてもいいかもしれない。

今まで恥ずかしくてほとんどスマホに連絡をしたことがなかったけれど、初めてチャットアプリでメッセージを送ってみた。絵文字付きで。

『今夜は早く帰って来てね。ごはん作って待ってるわ』

「……なんか恥ずかしいけど、反応が気になるから送っちゃおう」

どんな返事が来るのだろう。ふふっと笑いながらハンドバッグを持って玄関に向かう途中、すぐに返信を知らせる音が鳴った。

「早っ」

一分も経たずに戻って来たのは、『すぐに帰る』という一文のみ。絵文字もないそっけない言葉が静らしくて、笑いが込み上げた。

「すぐってことは定時くらいで上がれるのかも。七時には食べられるように準備するか」

玄関脇の姿見に映る姿は、先ほどまでの顔色が悪い自分ではない。気分が幾分かよくなり、微笑みさえ浮かべられている。

「全部静のおかげだわ」

何度ありがとうと言っても足りないくらい、彼には感謝している。その気持ちを少しでもたくさん伝えられるよう、気持ちを込めて料理を作ろう。

買い物に向かう瑠衣子の足取りは軽やかだった。

◇◇◇

前菜はスモークサーモンのスライスオニオン乗せとカマンベールチーズとクラッカー。アボカド、ミニトマト、玉ねぎやパクチーを混ぜたサルサをレタスの上にのせてサラダを用意した。

好物の明太子のカッペリーニパスタと、とろとろ卵のオムレツ。豚バラと白菜のミルフィーユ鍋は塩ポン酢であっさりといただく予定だ。キュウリのぬか漬けと小松菜の胡麻和えも作ったし、炊き込みごはんも用意している。残ったらおにぎりにして冷凍するつもりでいる。

自分が食べたいものと静が好きなものを混ぜてみた。

それらが並べられたダイニングテーブルを見て、静が感嘆の声をあげる。

「和と洋が混じっててすごいな。あれから全部作ったのか?」

「ええ、せっかく時間ができたんだから好きなものを作って食べようと思って。落ち込んだときはおいしいものを食べるのが元気を取り戻す近道なんでしょう?」

前回のピザパーティーのことを言うと、静はふっと頬を緩めた。

「そうだな、ワインを開けよう。何が飲みたい？」

「前菜を食べながら白ワインを飲んで、お鍋のときは日本酒かしら」

「仰せの通りに」

恭しい態度と言葉を返すから、瑠衣子もくすりと笑う。スーツから部屋着に着替えた静の後ろ姿を見ながら、取り皿をテーブルの上に並べた。

二人とも席につくと、何に乾杯するのかわからないから、無難に「お疲れさま」と言いグラスをコツンと合わせる。辛口の白ワインを飲みながらクラッカーにのせたスモークサーモンとカマンベールチーズをゆっくり味わった。

鍋が煮えるまでの時間、サラダやパスタ、オムレツを取り分けた。オムレツの上にはケチャップでハートを描いている。

「このハートにはどんな意味が込められているんだ？」

「描きやすかったからというだけよ。旗も立ててほしかった？」

「旗ひとつで俺の機嫌が取れると思うのか？」

「どうかしら。少しは子どものような純真さが戻ってくるかも」

お互い、数時間前の騒動には触れずに、食事の時間を楽しむ。静の食事中の所作は育ちの良さが感じられるほど綺麗だが、結構な量の食べ物も男性らしくぺろりとたいらげてくれるので見ていて気持ちがいい。

塩ポン酢で食べるミルフィーユ鍋も気に入ったようで、嬉しいことにまた食べたいとのリクエストをもらった。一人暮らしのときは自炊をしていても味気なかったが、喜んで食べてくれる人がいると、とても作り甲斐がある。

静のコレクションからとびっきりの日本酒を選んで、二人でじっくり味わいながらグラスを空ける。ほどよく酔いが回ってきたところで、静が口火を切った。

「昨日完成したばかりのをいつ渡そうかと考えていた。週末に夜景が綺麗なレストランを予約してベタにサプライズをしようかとも思ったが、そんなのは今更感があるし、瑠衣子が喜ぶとも思えない」

「……？」

一体何のことを言っているのだろう？

ほんわりと酔った頭では彼が言わんとしていることを読み取れず、そのまま耳を傾けていた。

だが静が取り出したビロード張りの小さな箱が、彼女の意識をはっきりさせる。

「タイミングが悪いと思ったが、むしろあんなことがあったからこそ今日を良い思い出で塗り替えたい。瑠衣子、結婚してほしい」

「……ッ！」

見事なダイヤモンドが散りばめられたプラチナの婚約指輪。スタイリッシュなデザインはクラシカルにも見えて、年齢を問わず長く使えるだろう。

総額がいくらなのかわからないし、普段身に着けるのも少々怖い。しかしもう何度目になるかわからないプロポーズを今日この日にしてくれたことが嬉しくてたまらず、頬に涙が伝った。

「俺としか結婚を考えられないと、はっきり言ってたよな?」

ぽろぽろと嬉し涙を流す瑠衣子に静が問いかける。感極まって言葉に詰まってしまった彼女を愛おしそうに見つめながら。

「俺と結婚する意思があるなら、左手を出してほしい」

答えなんてわかりきっているような自信に溢れた顔が、少しだけ憎らしい。

けれど、好きだという気持ちが次々に溢れてきて、止まらなくなりそうだ。

差し出した左手の薬指に、眩いほどに輝く指輪をはめられた。その硬質な触感が、非現実的なこのワンシーンが現実なのだと伝えてくる。

これから毎年この日が来るたびに、瑠衣子は辛い記憶より嬉しい記憶を思い出すだろう。

それを考えてあえて普段通りの生活の中で、婚約指輪を渡してくれたのだ。

下手にロマンティックな演出をされるよりずっと心に響く。これからも彼と同じごはんを食べたいと思えるほどに。

「ありがとう、静。指輪は素敵すぎて身に着けているのがちょっと怖いけど、嬉しい……。

今日を素敵な記念日にしてくれてありがとう」

「これからはひとりで泣くのは許さないぞ」

「ハンカチ代わりにもなってくれるの？」

「ああ、好きなだけ俺の胸で泣いたらいい」

そう言って両腕を広げてくれたのが嬉しくて、瑠衣子は安心してその胸に飛び込んだ。

「胸でも肩でも背中でも、いつでも好きなときに使え。俺は瑠衣子のものなんだから」

背中を擦りながら囁く声が優しくて、余計に涙を誘う。低音の美声が心地よく響き、安心感を与えてくれる。

悲しい涙以上に嬉しい涙が次々と溢れては静の胸元を濡らしていった。

「ね、湊かんでもいい？」

「それはティッシュに頼ろうか」

即答されて、瑠衣子は泣きながら笑った。

◇◇◇

啄むような口づけは情事の合図だ。触れ合うだけだったキスはすぐに深いものへと変わり、もっともっとと貪欲に互いの熱を求め合う。

二人とも、服も下着もとっくに脱ぎ去っていた。瑠衣子は一糸まとわぬ姿でベッドに横たわり、全身で静の体温を感じていた。

彼の素肌もお互いの鼓動も、すべてが心地よくて何も考えられなくなる。ただ、好きだという気持ちだけが高まり、彼への欲望が思考を染めていた。

「静……」

キスの合間に名前を呼んだ。チュッとリップ音を立てて唇を離した静は、至近距離で瑠衣子の目を覗き込んでくる。

「蕩けた顔をしているな。何が欲しい？」

優しい手つきで頬の輪郭をすっと撫でられ、唇についた唾液を親指で拭われる。少し硬めの皮膚に男らしさを感じ、些細な仕草にドキッと心臓が高鳴った。こくりと、自分のものかもわからない唾液を呑み込む。

「もっと触って？　たくさん触れて、静を私に刻み込んで」

覆いかぶさる男の頬に指先で触れた。ざらついた顎から頬にかけてを人差し指と中指でゆっくりとなぞる。その指を静に摑まれた。

「ああ、お望み通りたくさん刻み込んでやる」

瞳の奥に情欲を宿したまま、静は瑠衣子の指先に口づけた。そのままチュパッと指を咥えられる。

「んッ！」

人差し指、中指、薬指の順番で口内に誘われて、静の唾液を塗《まぶ》される。その淫靡な光景をじっと見つめているだけで、身体の奥が切なくなった。

小指まで舐められた手は、解放されることなく、そのまま肘までねっとりと舌を這わされる。

赤く肉厚な舌が、日焼けを知らない瑠衣子の腕の内側を嬲る。くすぐったさの中に確かな熱が混じり、快楽を呼び起こしていく。まだ触れられていないのに、胸の頂は食べごろの実のように赤くぷっくりと膨らみ、蜜壺もじわりと潤っているのが自分でもわかる。

腕の内側を舐め終えると、静は肘から鎖骨にかけて口づけを落としていく。服に隠れて見えないところにはくっきりと刻まれて、瑠衣子の心が少しずつ静で満たされていった。

「あ、ああ……」

「触ってないのに、食べごろだな？」

ぺろりと舐められたのは胸の先端。舌先で転がされていたが、すぐにパクッと口内に招かれた。強く吸い付かれれば、甘ったるい喘ぎ声が抑えられない。

「アンッ、ャア……ンンッ！」

反対の胸も同様に弄られながら、キュッと指でつままれた。飴玉を舐めるように転がされ、吸いつかれ、コリッと甘噛みされて、ビリリとした電流が身体に走る。

「胸だけで感じたのか。……ああ、とろとろだな」

「や……っ、そこでしゃべらないで……アンッ」

唇を乳首につけられたまま話されたら、声が心臓に届くようだ。直に振動を感じてしまう。低くて甘い静の声が瑠衣子の子宮を刺激する。

静の言う通り、とろりとした愛液が蜜壺から溢れていた。一撫でするだけで彼の指をびっしょりと濡らすほどに。

「ちょっ――！」

「甘い」

濡れた指をぺろりと舐められた。その仕草は、獲物を前にした肉食獣のようで、セクシーなんて言葉では足りない。すっと目を細めて見つめられたら、それだけで身体が疼き、さらに濡れてしまう。

――身体が素直すぎて恥ずかしい……。

身体がすでにドロドロに溶けているのがわかる。心臓もうるさいし呼吸も荒い。けれど、顔を真っ赤にして悶える瑠衣子の方がよっぽど煽っているのだと本人は気づいていなかった。

静は本能のまま動き、蜜の溢れる泉に唇を寄せた。

「ン――ッ、アアア……、ヤ、ンァアッ！」

じゅるじゅると音を立てて蜜液を吸われる。そんなに濡れていたのかと思うと恥ずかしくていたたまれない。けれど蜜口に舌が差し込まれ、花芯まで舐められると、そんなことなど考えられなくなってしまう。

「アアア……！」

一際感じる突起に強く吸い付かれ、頭の奥で何かがパンッと弾けた。

「軽くイッたか」

「……ヤ……っ、そこで喋らな、で……」

達した身体を持て余して呆然としていると、ビリッと何かを破る音が聞こえた。

抱えられていた脚をさらにグイッと広げられる。その中心では、避妊具を装着した静の雄が出番を待ち構えていた。力強く勃起した屹立の先端が、己の中心部に宛てがわれる。

「挿れるぞ」

「ン……ッ」

初めてでもないのに少し苦しいのは、彼のものが立派すぎるせいだろう。十分に慣らしてくれたが、挿入する瞬間はまだ苦しさを感じる。だが、濡れた内襞は、瑠衣子の気持ちを表すように、静を受け入れる。

「大丈夫か？」

「う、ん……」

瑠衣子の表情を確認しながら、静は慎重に隘路を押し広げていった。

「ああ……、入った」

やがて、最奥に到達したのか、コツンと奥に彼の先端が当たる。内臓が押し上げられるような違和感はあるが、彼と繋がっているという喜びがじわじわと全身に広がっていく。

汗ばんだ身体を密着させて、心音もシンクロさせて、このまま溶けてしまいたい。

体重をかけないようにしてくれている彼の気遣いが愛しくて、瑠衣子はありったけの気持ちを込めて、彼を抱きしめる腕に力を込めた。

「好き……静が大好き」

「そんなかわいい顔をして煽られたら今夜は寝かせられないぞ」

中に入っている彼の質量がググッと増した。

「え、あの、何で……」

「今のは瑠衣子が悪い。明日が休日でよかったな?」

たらりと冷や汗が流れる。今夜は抱きつぶすつもりなのだろうか。

お手柔らかにという言葉を遮るように、律動が始まった。

「あ、ぁあっ、ああ……」

卑猥な水音に鼓膜を犯され、感じる場所だけを重点的に攻められて啼かされて、意識が霞む。

いつしか、瑠衣子の五感は静しか感じ取れなくなって、思考もすべてを彼に支配されていた。

その甘い檻にずっと囚われたくなるくらい、彼の腕の中は心地よくて、快楽の坩堝に落とされてしまう。

「瑠衣子……もっと感じろ」

「アアッ……んぅ」

荒々しく貪るようなキスがさらに思考を溶かしていく。

上も下も繋がっていて、瑠衣子の中には静しかいない。彼の中にも瑠衣子しかいない。

抱き合っている瞬間は、二人だけの世界だ。

心も身体も満たされるというのがどういうことか、彼に出会って初めて知った。

——好き。

好きしかいらない。与えられたものを自分も彼に与えていきたい。

首筋にキスを落とされて、チリッとした痛みが走る。彼のその独占欲も、瑠衣子を満たしてくれる。

「静……」

余裕なんてものはない。だが、相手のことしか考えられないのは静も同じのようだった。

伸ばした手を摑まれて、シーツに縫いとめられる。

静は指を絡ませ、瑠衣子を見下ろした。

「クソ、ゴムが邪魔だ」

「あん、ああ……っ」

同意なく無責任な真似はしないが、未来の約束を得た今なら何にも遮られることなく愛しい人と触れ合いたい。そんな本音がダダ漏れだ。

——静が欲しい。

こくりと唾液を飲み込んだ。彼が自分を強く求めてくれていることが嬉しくて、愛しさがあふれてくる。

未来を約束してくれた相手の子どももいつか欲しい。そんな風に思える自分がとても幸せで、乱れる呼吸を整えつつ握られている手にギュッと力をこめた。

「静……出して、中に……」

「ッ！　煽るなっ」

ドクン、と彼の楔が脈を打ったのを感じた。きゅっと眉間に皺を寄せて快楽を耐えている姿が色っぽい。そんな表情をもっと見たいと思ってしまう自分は、はじめから彼に惹かれていたのだと改めて実感する。

「直に瑠衣子を感じたいが、まだ駄目だ。順序はきちんと守る」

正式に結婚するまで避妊をすると言われて、嬉しい反面少しだけ切ない。欲望に流され

ず最後の理性は残して、両家の結婚の承諾を得てからと考えるところは彼のまっすぐな性格を表している。

「だから早く挨拶を済ませて入籍するぞ」

「え……、ぁあ……っ！」

ズンッ、と奥を突かれ、そしてひと際感じる箇所を攻められる。

抽挿がさらに激しくなり、お互いの限界が近づいてくる。

「アア……！」

「ウッ——、ア……っ」

絶頂に達した膣が静を締め付けると、彼の口から不意打ちを食らったような呻きが漏れた。薄い膜越しに勢いよく精が放たれる。

「クッ……瑠衣子……」

だが、幸せな余韻に浸る間もなく、静の雄は再び力を取り戻した。

ぐっと腰を押しつけられ、その存在を主張してくる。

「…………え？」

瑠衣子は達した直後だ。このまま意識を手放して、彼の腕の中で眠りたい。

けれど、それは許されないようだった。

「今夜は寝かせない。まだまだ限界には遠いよな？」

「私はもう十分……」

瑠衣子の言葉はキスで遮られてしまう。

手早く避妊具の処理をして新しいものを装着した静は、再び瑠衣子に覆いかぶさった。

「俺の愛はたった一回じゃ語りきれない」

「あ、そんな……ああっ……！」

潤ったままの蜜壺に再び挿入されて一気に奥まで受け入れる。

それから、容赦なく中を擦り上げられ、瑠衣子はただただ快楽に溺れていった。

その夜、瑠衣子が嫌な記憶を思い出すことは一度もなかった。

# エピローグ

桐生の件については、弁護士を通じて正式な誓約書が作られた。お互い直接交渉はせず、すべて弁護士経由でやりとりをしている。過去の瑠衣子に対する暴行や住居侵入にもしっかり言及されたその書類の内容は、刑事告訴をしない代わりに厳しい条件を桐生に課すことに合意したものである。

前科がある分、慰謝料は前回の倍以上の額が瑠衣子に支払われることとなったが、今回も使うことはないだろう。寄付をしようかとも考えている。

加害者である桐生透は、海外の専門機関に預けるらしい。日本で精神鑑定をした結果は、瑠衣子に関わること以外で異常性は見られなかったそうだが、これからさらに深く調べてしばらく社会とは切り離した環境で過ごすのだとか。

大切なものを失いたくない、手放したくない。そんな強い感情がいつしか歪んでいき、執着を生み、桐生の精神を少しずつ蝕んでいったのだろう。それほど、瑠衣子のアルバイト先で過ごした二人だけの時間が彼にとって特別だったということだが、その気持ちが誤った方向に向かってしまった時点で、瑠衣子の心が戻ってくることはない。

あの日、帰国した桐生が瑠衣子に会いに来られたのは、大学時代の伝手を使ったからだった。瑠衣子と桐生が交際していたことは当時の同級生ならほとんど知っている。だが、二人が別れた明確な理由は誰も知らされていない。瑠衣子が飽きられたのだとか桐生の海外留学を機に遠距離恋愛になるため瑠衣子が振られたなどと囁かれていたが、その当時に交流があった人間が、偶然同じ会社に在籍していたのだ。

大手総合商社ともなれば社員数は多く、他部署の人間との交流は少ない。瑠衣子自身もその人物が同じ会社にいたことを知らなかった。

桐生はその男に連絡を取り、瑠衣子との接触がはかれないかと相談を持ち掛けた。お互い嫌いで別れたわけではないことを匂わせ、もう一度きちんと話がしたいのだと。

彼の巧みな話術に操られた男が、秘書課に在籍している恋人を使い、空いている会議室で再会ができるよう善意でセッティングした、というのが今回の事の発端だった。

悪意のある人間より、善意からのお節介の方が厄介な場合がある。

今回も狭い世間の繋がりと、少しの善意が仇《あだ》となった。

彼らを咎めることはしないが、どんなケースであれ相手の了承を得ないまま仕事目的以外の訪問者を会議室に通さないという事項も、社内倫理のひとつに加えられた。

瑠衣子の部屋から盗まれた書類は行方不明のままだが、盗撮カメラのデータはすべて提出され、バックアップのデータもコピーされていないことを確認し、ひとまずこの案件は収束した。

◇◇◇

「あと数分遅れていたらどうなっていたことか……」

静は、あの日の出来事を思い返しながら、自分の肩に頭を乗せて寝息を立てる瑠衣子に視線を向けた。夕食後、二人はソファに座り映画を観ていたのだが、いつの間にか瑠衣子が眠ってしまったのだ。

無防備な顔で眠る姿は、完全に自分に心を許してくれているのだと実感できて、静の口元に笑みが浮かぶ。

あの日の会議中、静のスマホに桐生に動きがあったことを知らせる通知が届いた。向こうがこちらを時折監視していたように、こちらも桐生の動向を見張らせていたのだ。決定的な証拠を摑んでから、話し合いの場を設けようと思っていたのだが、あちらの動きの方が早かった。

彼女の心が壊される前に間に合ってよかった。二度とあんな怖い思いをさせたくない。

微かな寝息を立てて眠る瑠衣子の滑らかな頰をするりと撫でる。膝の上に置かれた左手の薬指には、自分が贈った婚約指輪がはめられていた。

まだ正式に婚約発表をしていないので、家の中でしかつけていないのが不満だが、帰宅したら必ず身に着けてくれる彼女がとても愛おしい。

結婚式をどこで挙げるか、ハネムーンはどこに行きたいか。そのひとつひとつを話し合い、初めての共同作業を成功させるべく、静は様々な提案しているのだが、瑠衣子はいまいち乗り気ではないようでシンプルな式で十分なのだと言う。欲のない彼女らしい発言だと思った。

「ドレスのデザインも決めないとな。君はスタイルがいいからどんな形でも綺麗に嵌まるだろうが、首元までレースで覆ったデザインも禁欲的でそそられる」

背中は隠したデザインがいい。彼女の綺麗な谷間を列席者に見せつける必要もない。

肩を抱き寄せて、額に口づけを落とす。無意識にすり寄って来る愛しい女性を抱きしめて、静は独り言を零した。

「もう二度と俺を振るのは許さないぞ？」

この先、繫がれた手を放すことはない。

その誓いの宣言をする日も、そう遠くはないだろう。

# あとがき

『俺様御曹司は諦めない』をお手に取ってくださりありがとうございます。月城《つきしろ》うさぎと申します。ソーニャ文庫様から二冊目の本を刊行していただき大変嬉しいです。

前作とは作風を変えて、現代ラブコメシリアスな話になりました。作者の不憫《ふびん》萌えが詰まっております。俺様で不憫で可愛いスパダリが書けて楽しかったです。

同じくらいサイコパスのストーカーを書くのも楽しかったですが、現実にいたら確実にヤバい人です。サイコパスは治らないと思います。全力で逃げましょう。

しっかりした女性の繊細さや不器用さが好きで、甘え方がわからないヒロインがどっぷり甘やかされる過程をうまく表現できていたらいいなと思います。

最後が少し駆け足だったので、その後の甘々な番外編SSを公式サイト用に書けたらいいな……頑張ります。

謝辞を。担当編集者のY様、今回もお世話になりました。ありがとうございました！

イラストの篁《たかむら》ふみ先生、セクシーな二人がたまりません。イメージぴったりな二人をどうもありがとうございました。Y様も私もお風呂のシーンが大好物です。

そしてこの本に携わってくださった皆様に感謝を込めて。楽しんでいただけましたら嬉しいです。

Sonya
ソーニャ文庫

この本を読んでのご意見・ご感想をお待ちしております。

◆ あて先 ◆

〒101-0051
東京都千代田区神田神保町2-4-7 久月神田ビル
㈱イースト・プレス　ソーニャ文庫編集部
月城うさぎ先生／篁ふみ先生

# 俺様御曹司《おれさまおんぞうし》は諦《あきら》めない

2017年12月7日　第1刷発行

著　　者　月城《つきしろ》うさぎ
イラスト　篁《たかむら》ふみ
装　　丁　imagejack.inc
D T P　松井和彌
編集・発行人　安本千恵子
発 行 所　株式会社イースト・プレス
〒101-0051
東京都千代田区神田神保町2-4-7 久月神田ビル
TEL 03-5213-4700　　FAX 03-5213-4701
印 刷 所　中央精版印刷株式会社


ISBN 978-4-7816-9614-0
定価はカバーに表示してあります。